Arnold Krause

Zum Barlaam und Josaphat des Gui von Cambrai

Arnold Krause

Zum Barlaam und Josaphat des Gui von Cambrai

ISBN/EAN: 9783743428010

Hergestellt in Europa, USA, Kanada, Australien, Japan

Cover: Foto ©Andreas Hilbeck / pixelio.de

Manufactured and distributed by brebook publishing software
(www.brebook.com)

Arnold Krause

Zum Barlaam und Josaphat des Gui von Cambrai

Das Gedicht des Gui von Cambrai Barlaam und Josaphat ist schon im J. 1864 von Zotenberg und Paul Meyer im 75. Bande der Bibliothek des Litt. Vereins in Stuttgart herausgegeben worden nach einer in der Pariser Nationalbibliothek befindlichen Sammelhandschrift, fonds franç. 1553[1]).

Eine Anzeige dieser vortrefflichen Ausgabe und wertvolle Verbesserungen des Textes hat Mussafia in der Germania X S. 115 ff. geliefert.

Der Zweck der vorliegenden Abhandlung ist es, den Text des Gedichtes, der noch an manchen Stellen Unklarheiten und Schwierigkeiten aufweist, nach Möglichkeit zu säubern und zu glätten, ferner die Mundart des Dichters in den wichtigsten Zügen darzulegen.

I. Zum Text der Dichtung[2]).

Zunächst schien eine nochmalige Vergleichung der Pariser Handschrift erforderlich. Ich habe mich dieser Aufgabe im J. 1892 an Ort und Stelle unterzogen und dabei folgende Abweichungen von der Stuttgarter Ausgabe angemerkt:

13, 27 *gardes* (nicht *gades*)	32, 22 *vertus*
19, 30 *Tont* (so vermutete schon Mussafia für	34, 35 *cuic*
Tout)	36, 17 *ne* (so Muss. für *se*)
24, 18 *mesfait*	38, 23 *cor* (so Muss.)
27, 21 *menbres*	39, 15 *tout*
27, 23 *psõme*	39, 24 *Cil*
30, 33 *A hicel*	40, 12 *mesfait*

---

[1]) Als Titel des Gedichts giebt die Par. Hdschr. vor dem Text *De Josaphat*, am Schlufs *l'ystoire de Josaphas* an, im Text selbst ist das Gedicht bezeichnet: 163, 25 *l'estoire . . . de Balaham*. 288, 31 *de Yozaphas s'avre et sa vie*, 299, 17 *l'ystoire . . . d'Avenir et de Yosaphat*, und dem entsprechend im Prolog der Hdschr. von Monte Cassino 1, 20 *l'estoire . . . de Josaphas et d'Avenir*. Der Name *Barlaam* des lat. Textes lautet bei Gui de C. stets ohne r, im Cas. obl. *Balaham* oder *Balaham*, im Nom. ebenso oder *Balahans* (: *ahans* 46, 9, : *creans* 162, 20), einmal *Balans* 143, 20, der Name *Josaphat* im Nom. stets *Josaphas* oder *Yosaphas*, im Cas. obl. teils *Josaphat* oder *Yosaphat* (: *bat* 300, 24, ungenau : *faut* 299, 17), teils gleich dem Nom. (: *pas* 281, 32). 241, 5 ist *Yosaphas* Nom.; s. zu 131, 19.

[2]) Der II. Teil (Zur Mundart der Dichtung) erscheint im nächsten Jahre.

1*

42, 38 *biens*	127, 19 *Sire* (ein Wort)
47, 37 *est* (so Muss.)	154, 38 *las* (= l'as, so Muss.)
60, 24 *les* ij *sens*	155, 28 *les* zweifelhaft, eher *tes* (so Muss.)
60, 35 *tē* (= t'en)	160, 37 *lai lautrier lepris*
61, 3 *lonsegnos*	172, 38 *U voelle u non* (so Muss.)
61, 33 *dolusses*	186, 16 *des herites* (zwei Wörter)
77, 21 eher *tierc* als *tiert*	193, 5 *toutes*
78, 5 *senefianche*	207, 31 *trueve*
79, 12 *aie*	216, 12 *sont*
79, 14 *est il ses*	222, 23 *an*
83, 18 *Porsuit* (ebensogut wie *Porsiut*)	223, 32 das Wort vor *nuit* ist etwas verwischt;
91, 12 *perscheor*	wohl *7* = *et*
95, 8 *che*	228, 18 *claimme*
101, 14 *apparisier*	245, 5 *gouvrener*
102, 29 *paraus*	253, 30 *ert*
109, 3 *couvretoirs* (so Muss.)	268, 27 *ewe*
116, 16 verwischt *li* oder *le*	280, 22 *pais*
116, 27 *discorde* (das *i* unter einem Klex)	297, 18 *chiers*.

Von diesen Abweichungen bieten die meisten die richtige, in der Stuttg. Ausgabe durch irgend ein Versehen entstellte Lesart; sie bedürfen ebensowenig einer Erörterung wie die Stellen, wo ein offenbares Versehen der Handschr. von den Herausgebern stillschweigend berichtigt worden ist. Alle übrigen Abweichungen werden unten zur Besprechung kommen.

Eine Vergleichung der zweiten Handschrift, in der das Gedicht überliefert ist, der von Monte Cassino, ließ sich leider nicht ermöglichen.

Es folgt nun die Besprechung einzelner Stellen, im Anschluß an die Stuttgarter Ausgabe.

2, 9 giebt einen Sinn nur mit veränderter Interpunktion: *Jadis au tans des anciens Estoit molt maus, mais que li biens Floriscoit plus* etc. (*mais que* aber doch so daß . . .). Doch ist es wenig glaublich, daß hier das „viele Übel" der „guten alten Zeit" in den Vordergrund gestellt worden sei. Vielleicht hat der Dichter geschrieben *Estoit molt mains maus, que li biens Floriscoit plus etc.* Im allgemeinen ist zu bemerken, daß die in der Pariser Hdschr. fehlende, von den Herausgebern nach der Hdschr. von Monte Cassino abgedruckte Einleitung (bis 3, 5) sehr mangelhaft überliefert ist.

2, 13 l. *de pris.*

2, 27. Für *est* scheint *iert* zu setzen, ebenso

2, 33 *Diu* (für *li*) *et son servise.*

4, 19—22 unterbrechen den Zusammenhang und haben sich sicherlich hierher nur verirrt. Sie stammen vielleicht aus einer Einleitung. V. 19 f. weist auf das auch 2, 8 ff. gesungene Lob der guten alten Zeit; hinter 4, 8, wo ein ähnlicher Gedanke ausgesprochen wird, haben die beiden Verse nicht recht Platz. V. 21 f. scheinen in eine theologische Betrachtung zu gehören, wo das Verhältnis Gottes zu der Kirche und den Gläubigen wie das des Vaters zu der Mutter und den Kindern dargestellt wird. V. 23 schließt sich gut an 18 an, ganz dem Grundtext entsprechend: *Filios habere non poterat . . . quae res multis est optabilis. Talis itaque rex erat et talem intentionem habebat.*

4, 28 ff. sind vielleicht so zu interpungieren und zu verstehen: *Plus* (um so mehr) *estoient fort en lor loy Que* (da) *quant li rois les efforchoit En chou chascuns victoire avoit Quant il* (indem sie nämlich dann) *lor vainteour vaintoient.*

5, 25 ff. Sicherlich ist die Interpunktion zu ändern: mit V. 27 beginnt ein neuer Satz, der erst 30 abschließt. Daher ist 28 der Punkt zu streichen und hinter 30 stärker zu interpungieren. Fraglich ist mir, ob V. 25 f. an ihrer richtigen Stelle stehen; etwas besser ständen sie zwischen V. 22 und 23. Übrigens sehen sie wie eine verirrte Variante zu 11, 5 f. aus.

5, 38 l. *d la parsomme*[1]).

6, 2 l. *là mont* mit M. Cass. oder *à mont.*

6, 11 scheinen folgende Interpunktion zu verlangen: *Par l'ermitaige de sa terre A fait son homme lige querre Par messages et par enqueste. Toute sa volonté lor preste etc.*

6, 34 s. zu 22, 16.

7, 34 *Tous chiaus ki de raison forvoient* (: *voie*); zu verbessern in *Tous chiaus cui desraisons forvoie,* vgl. 206, 3.

8, 1. Die von den Herausgebern bemerkte Verderbnis läßt sich durch folgende Schreibung beseitigen: *Raisons et drois m'a* (oder *m'ont) ensegné Ke n'aie soing etc.*

8, 25 *Encor descendist il en terre* ist dem Sinne nach Nebensatz des vorangehenden; also ist V. 24 der Punkt in ein Komma zu verwandeln.

8, 35 ff. *En la crois fu vaincus nos sire; Li dyables ki son martyre Porcacha tant, Dex en sa gloire Le venki dont on le doit croire.* *Adont conneut la dettés Ki couverte ert d'umanités.* Unter *nos sire* kann an dieser Stelle nur Christus verstanden werden, wie 28 und 30; auch bezieht sich darauf das folgende *son martyre.* *Fu vaincus* ist also schwerlich richtig; dem Sinne würde *fu ficiés, penés* oder *pendus* entsprechen. Im Folgenden liegt ein leichter Konstruktionswechsel vor, da der vorangestellte, dem Relativpronomen angepaßte Nom. *li dyables* V. 37 durch *le* aufgenommen wird (vgl. 32, 36 *Ja nus hom ki mal ait es iex Et caste vie n'ait menée Ne li poroit estre moustrée La gentis piere* und Tobler, Verm. Beitr. I, 202). 9, 1 f. sind in der vorliegenden Gestalt nicht zu verstehen. Zunächst ist *detté* und *umanité* zu schreiben. *Conneut* als 3. Pers. könnte sich nur auf den Teufel beziehen, was dem Sinne nach allenfalls möglich, aber wenig wahrscheinlich ist. Mir ist glaublicher, daß in *conneut* die 1. Pers. steckt, also *conneu* oder *con-neue* zu schreiben ist (vgl. *oc* = habui 159, 14, *deuc* = debui 40, 27. 109, 12, *voc* = volui 101, 4. 127, 27); c und t sehen in der Hdschr. einander sehr ähnlich. Dann bildet der Satz *Adont etc.* den ersten wirksamen Abschluß der 8, 1 anhebenden moralisch-theologischen Betrachtung, giebt auch die bis dahin noch ausstehende Antwort auf des Königs Frage 7, 36 *ensaigne moi Dont ceste errours te vint premiers*; auch kommen dann die Worte *dont on le croit* 8, 38 zu besserer Geltung.

9, 8. Für *tous biens* ist *tous bons,* für *est* wahrscheinlich *iert* zu lesen.

10, 33. *Li rois remest ireement, A commandé toute sa gent.* Bei *remest* erwartet man nicht das Adv., sondern das Adj., auch fällt die Inversiom *A commandé* am Anfang des neuen

---

[1]) Ich kann leider nicht feststellen, ob dies wie 27, 23 die Lesart der Handschrift ist. — *Personne* für *parsoñe* verschrieben findet sich auch Montaiglou, Recueil II S. 86.

Satzes auf. Es empfiehlt sich so abzuteilen: *Li rois remest, ireement A commandé toute sa gent.*
Ganz ebenso verhält es sich 137, 5, wo ich so abteile: *Molt s'atra, iréement Les fait livrer d grant torment;* vgl. 140, 1 *Quant li rois l'ot ensi parler lreement a commandé etc.*

11, 28 l. *por le roi.*

12, 22 *Quant li rois oi tele nouviele Dolans devint.* Für *oi* ist entweder *ot* zu setzen — dies ist die in unserem Gedicht übliche Präsensform, z. B. 61, 25: *sot* — oder dem folgenden *devint* entsprechend *oi.* In diesem Fall ist *tele* für *tel* verschrieben wie 222, 14; beide Formen wechseln miteinander, ebenso *quel* und *quele* (so in demselben V. 145, 4 *Par quele voie, par quel sente).*

12, 34 s. zu 170, 4.

14, 35. Für das mir unverständliche *.ij. hommes* ist vielleicht *les hommes* zu schreiben.

15, 2 ff. verderbt. Verständlich wäre V. 2 *Le raemplist* „befriedigt es *(le deduit)* aufs neue", V. 3 *Li quens qui el a empensé.* V. 4 *A son penser vers lui tensé* bedeutet vielleicht: hat sein Denken disputierend gegen sich selbst gerichtet.

16, 20 f. möchte ich schon zur direkten Rede ziehen.

16, 29. Dahinter ist stärker zu interpungieren. Hingegen ist

16, 33 das Komma zu streichen.

18, 5 ff. l. *Commenchemens sans commenchier, Fins sans finer; ki set jugier Si esgart tres bien la sentense: Ki ne fine ne ne commenche C'est cil etc.*

18, 18 ff. sind so abzuteilen: *Ains qu'ele soit levée chiet. Tous li siecles en son deduit Chascun jor faut et adies fuit.*

18, 28. Das Komma ist hier zu tilgen und hinter V. 29 zu setzen.

19, 11. Statt *K'i* V. 12 ist wohl *K'il* oder *Ke* zu schreiben, wenngleich die Anakoluthie *l'omme ki dit li avoit Ki myres de parole estoit* nicht gerade unmöglich wäre. Auch die Wiederaufnahme des Acc. *l'homme* durch *le* (V. 13) ist denkbar. Dennoch glaube ich, dafs der Dichter, in Anlehnung an die Worte des lateinischen Textes *Insomnium itaque totam noctem ducenti in memoriam ei venit qui pedem laesum habuerat* glatter und natürlicher so geschrieben hat: *Toute nuit pense, et en pensant Li vent uns bons pensers devant, De l'omme ki dit li avoit Ke myres de parole estoit. Devant lui l'a fait amener etc.*

19, 33 ff. sind so abzuteilen: *Tu lui respons: Par t'amistié J'ai pris d cest siecle congié. Ensi com tu devisas ier Voel cest siecle por toi laissier.*

19, 37 l. *Toute ferai ta volonté;* vgl. 130, 27. 278, 38.

20, 21 *En* (genauer *En' = Et ne*[1])) *estoit bien li bans criés etc.* ist Fragesatz wie im lat. Text: *Non audistis . . . praecones meos aperte clamantes . . .?* Auch hinter V. 20 ist ein Fragezeichen zu setzen (den V. 19 hat schon Mussafia in Ordnung gebracht: „*Vous sousduitor, che dist li rois,").* Im Folgenden möchten die Herausgeber nach V. 22 oder 24 eine Lücke annehmen. Doch ist 23 von 22 nicht zu trennen. Auch 25 schliefst sich vortrefflich an 24 an; *sour mon ban* heifst „gegen mein Verbot" (vgl. Le Glay, Analectes historiques S. 107, aus einer Zweikampfordnung: *Et doivent li eskievin warder . . . ke nus n'i mesface ne mesdie sour le ban k'on en a fait,* ferner *sur le paix de le ville criée par sergent* aus einer Ordonnanz d. J. 1370

---

[1]) *En* statt *enne, ene* ist auch Aucassin 32, 12 überliefert, aber vor konsonantischem Anlaut, so dafs die von G. Paris und Tobler vorgenommene Änderung gerechtfertigt erscheint.

bei Lacurne s. v. *sur*, *sus mon gré* bei Ducange, vgl. auch Scheler zu Jean de Condé I S. 395). Eine Lücke hinter V. 23 anzunehmen, wo am passendsten der Nachsatz zu V. 22 sich anschliefsen würde, ist der Reimfolge wegen unthunlich, es müfste denn eine gröfsere Zahl Verse ausgefallen sein, was nicht wahrscheinlich ist[1]). Ich neige also dazu in V. 22 eine Verderbnis anzunehmen, wo man leicht ändern kann *Ke de vos ne fust nus trovés*; dann ist der Satz V. 23 mit einem Fragezeichen abzuschliefsen. Zu meiner Vermutung stimmt auch der Grundtext: . . . *ut nullus vestrae superstitionis post tres dies in civilate aut regione meae potestatis inveniretur, alioqui igne cremaretur*; diesen letzten Zusatz vermifst man freilich in den französischen Versen.

21, 22. Der Sinn verlangt die Negation: *Et por n'acroistre ton pechié*; vgl. 138, 1—3 und auch den lat. Text: *Sed miseremur tui, et ne abundatioris condemnationis tibi causa efficiamur, cogitamus discedere.*

21, 38 l. *le cors.*

22, 7 l. *mort.*

22, 16. *A soi meisme en opose.* Hier ist die Frage zu behandeln, in welchen Fällen unser Dichter einen Hiatus duldet. Dafs der Schreiber (oder Korrektor) der Pariser Hdschr. am Hiatus keinen Anstofs nahm, kann man aus 259, 7 vermuten, wo ein den Hiatus beseitigendes *et* wegradiert ist. Andererseits zeigt 264, 4 *Ke fus, ques es et que seras?* eine gewisse Scheu selbst vor sonst erlaubtem Hiatus. 116, 36 könnte die Schreibung der Hdschr. *Vostre peres* (Cas. obl.), *il m'a chi mis* als ungeschickter Versuch gedeutet werden, den Hiatus zu tilgen; doch liegt es hier näher *Vostre pere, cil m'a chi mis* zu vermuten. — 183, 6 fällt der Hiatus weg, wenn man statt *conciute* die gleichwertige Form *concheile* einsetzt; 27, 5 ist *fronchie* (dreisilbig) zu lesen, 284, 11 *enblée.* 89, 12 erfordert der Sinn *pueent* für *puet.* — 217, 17 l. *de nigremanche* (vgl. Chardry 1671). Auch sonst ist der Hiatus sehr wenig wahrscheinlich da, wo er durch Einsetzung einer Doppelform vermieden werden kann. Also lese ich: 56, 19 *sires, œvre*, 56, 30 und 286, 20 *li une* (vgl. z. B. 90, 22 f. 59, 16), 111, 15 *maistres, alons ent* (vgl. V. 11 und 107, 37. 123, 18), 235, 10 *Porte ore* (doch kann hier auch, wie in den Versen vorher und nachher, ein schwererer Schaden vorliegen). Und so ist auch 22, 16 *meismes* für *meisme* einzusetzen; beide Formen stehen unterschiedslos für das Adverb, so findet sich *meismes* vor vokalischem Anlaut 198, 6 *Il meismes en sont trahi*, 250, 2 *Et chou meismes avenra*, vor konsonantischem Anlaut 25, 24. 260, 15 (an beiden Stellen streichen die Herausgeber das *s* ohne triftigen Grund) und 156, 6. — Achtmal findet sich Hiatus nach muta (oder v) cum liquida + tonlosem e: 98, 2 *siecle* | *et*, 102, 33 *example* | *as*, 138, 7 *batre* | *et*, 188, 17 *vivre* | *et*, 256, 1 *rechoivre* | *ieres* (wo aber durch die Schreibung *Se al* die seltnere Art Hiatus vermieden werden könnte), 266, 22 *estre* | *à*, 275, 15 *siecle* | *estre* (oder *estre* | *et*) und 299, 24 *siecle* | *à*. Über 284, 11 s. zu d. St. Diese sonst unverdächtigen Stellen sind nicht anzutasten. Ebenso wenig wage ich die folgenden sechs Stellen zu beanstanden, wo sich Hiatus zwischen auslautendem *e* und der Partikel *et* findet: 37, 6 *conte* | *et*, 65, 23 *luxure* | *et*, 91, 16 *dire* | *et*, 137, 11 *angoisse* | *et*, 262, 26 *ame* | *et*, 277, 17 *joie* | *et* (wo die Herausgeber wenig konsequent den Hiatus tilgen); vgl. Förster zum Löwenritter 212. Vielleicht kann der Hiatus auch vor u (ou) gelitten werden 160, 36 *U la moie u la ton mestre* (vgl. Erec V. 2946). An zwei Stellen liefse sich der Hiatus vielleicht noch halten, wo er

---

[1]) Derselbe Reim in zwei Reimpaaren hintereinander findet sich 2, 2—5. 43, 27—30. 90, 6—9. (129, 5—8 s. Muss.). 166, 11—14. (229, 12—15). 274, 4—7 (*bien* : *tient*), also nur ausnahmsweise.

nämlich nach der Endung e der 3. Pers. Sing. sich findet: 260, 10 *emporte ! eve*, 298, 8 *sache | hounor.*
Doch sind diese Fälle zu vereinzelt, als dafs man annehmen dürfte, der Dichter duldete nach
jener Endung Hiatus; auch liegt an beiden Stellen eine Verbesserung nahe, 260, 10 *Il n'emporte*
[*n'*] *eve ne pain*, 299, 8 *Ki si bien sache hounor* [*á*] *faire.* Eine dritte Stelle, 22, 35 *Cha en pensa,*
or contrepense scheide ich aus, weil ich darin *Cha* nicht verstehe (diese Schwierigkeit bleibt auch
bei der Änderung der Herausgeber), weshalb ich den Vers ohne etwas zu ändern so abteile:
Ch'a enpensé, or contrepense. 235, 10 ist schon oben behandelt worden. — Es bleiben noch
wenige verdächtige Stellen: 6, 34 *Et nature est dementie*, wo man etwa erwartet *En toi nature*
est dementie, 103, 6 *En ma rivière as* (*ras?*) *esté*, 128, 3 *Sa grant riqueche en poureté* (:*perte*), wo
die Verwechselung von *poverte* und *povreté* die Änderung von *por* (so Muss.) in *en* veranlafst hat,
153, 88 *Car la guerre est desaisine* (so Muss. für *de saisine*), wo vermutlich *la desaisine* zu
schreiben ist, 286, 28 *Ara couronne aussi biele* (viell. *Il ara etc.*), 299, 29 *Sor sa tombe adies*
gisoit (viell. *Et sor etc.*).

22, 35 s. zu 22, 16.

23, 33. Die überzählige Silbe ist nicht durch Elision, sondern durch Streichung des *Li*
zu beseitigen.

24, 12 *Tous vous ferai torner á joie.* Muss. schlägt statt des unsinnigen *tous* vor *tout.*
Vergleicht man den lat. Text: *Et continuo ipsam* (*tristitiam*) *in gaudium convertere festinabo,* so
scheint *tost* näher zu liegen.

25, 10 ff. werden besser so abgeteilt, dafs hinter V. 10 ein Doppelpunkt gesetzt, V. 12
das Semikolon gestrichen wird.

26, 21 *Nenil, d tes i a assés;* Mussafias Änderung ist unnötig, *tes i a* „manche", „einige"
wird wie ein Wort dekliniert.

26, 33. *Mais Dex set tout et tout aprest.* Statt des unverständlichen *aprest* ist wohl *a*
prest zu lesen.

26, 35 *Li fils le roi entent adont Mais il souspire de parfont.* Der Zusammenhang würde
sehr gewinnen, wenn man für *entent* schriebe *se taist.*

26, 38 l. *pas.*

27, 5 s. zu 22, 16.

28, 7 l. *trestuit.*

28, 24. Dahinter gehört ein Doppelpunkt.

29, 19 l. *li fils le roi.*

29, 32 s. zu 238, 16.

30, 11. Der Punkt ist zu streichen.

30, 25 *Et que plus pense, plus en vait* „Und je mehr er denkt, desto mehr (Zeit) ver-
geht". Hinter diesen Vers ist ein Komma zu setzen.

30, 35 l. *preudon.*

31, 21. Der Punkt ist zu streichen.

31, 37. Dahinter ist zu interpungieren.

32, 24 l. *mençoigniere.*

32, 30. Für *entenroie* l. *enterroie* (= *entreroie*).

32, 32 ff. Muss. hat richtig erkannt, dafs unter Wiederherstellung des handschriftlichen *ait* (V. 33) die Worte so abzuteilen sind: *Molt par est fols qui riens oublie Quel mestier ait.* Or *te dirai Une rien c'oublié i ai.* Nur ist seine Annahme irrig, dafs in dem *l* von *quel* ein enklitisches oder proklitisches *li* steckt. Es bleibt nichts übrig als *qui* für *quel* zu schreiben. Der Ausdruck *avoir mestier* begegnet in unserem Gedicht in zwiefacher Verwendung: 1) mit persönlichem Subjekt *j'ai mestier de qch.* = *j'ai besoin de qch.* 44, 8. 62, 30. 128, 22. 274, 19 ff.; 2) mit sachlichem Subjekt: *qch. a mestier*[1] *(à qn., à qch.)* etwas ist von Nutzen, von Nöten (für jem., für etwas), z. B. 35, 30. 36, 26. 58, 15. 60, 30. 65, 3, 6. 9. 75, 33 u. ö. Ein dritter, nämlich unpersönlicher Gebrauch von *avoir mestier* liegt 39, 30 vor, wenn die Überlieferung dort richtig ist: *K'en court à roi n'a nul mestier* „da man sie an dem Hofe eines Königs nicht gebrauchen kann". Doch ist das Fehlen eines Genitivs *en* an dieser Stelle sehr auffällig; vielleicht ist zu ändern *K'en court à roi n'ont nul mestier*, was auch hier die geläufige, persönliche Konstruktion ergeben würde. — 32, 33 ist *Ki mestier ait* „was von Nöten ist" auch ohne Hinzufügung eines Dativs (oder eines dessen Stelle vertretenden *y, où, là*) verständlich; ebenso fehlt der Dativ 176, 12 *chou n'a mestier* das taugt nichts, das ist unmöglich.

34, 25 f. *Quant sa rachine dut conquerre, Si lor failli humeurs et terre.* Sa rachine und *lor* sind nicht vereinbar. Da der Pluralis auch V. 29 und 36, 14 steht, ist wohl hier ebenfalls *ses rachines* zu schreiben.

34, 32 *cil grain reperirent Por espines ki les habitent.* Habitent genügt weder den Anforderungen des Reims noch dem Sinn. Im lat. Text steht *suffocaverunt*. Dem erforderlichen Sinn würde *covrirent* entsprechen.

36, 16 *Asses est plus amers que suie, Maistres, quant nul homme ne truis.* Statt *amers* ist die Form des Neutrums, also *amer*, zu setzen.

38, 24. Das Fragezeichen ist in ein Ausrufezeichen zu verwandeln.

39, 21 ff. *Puis lor demande* (Muss.) *s'il savoient De ces escrins li quel estoient Et miex valent par iaus proisier* (: *jugié*). Eine Lücke hinter *estoient* anzunehmen ist nicht angebracht, da der Fehler offenbar im folgenden Vers steckt. Ich möchte vorschlagen *Et miex valant et miex proisié* (oder *Li miex valant par iaus proisié*). V. 24 ist mit der Hdschr. *Cil* zu lesen.

39, 30 s. zu 32, 32.

40, 30 ff. Die Rede des Königs endet mit V. 30. Mit V. 31 nimmt Barlaam seine Ansprache an Josaphat wieder auf, die er mit V. 34 vorläufig beschliefst. V. 31 ist *cil rois* zu lesen.

40, 35. Sind die Worte *Si as tu fait* richtig, so müssen vorher mehrere Verse ausgefallen sein des Inhalts „dafs man die Menschen nicht nach ihrem äufseren Ansehen, sondern nach ihrem inneren Wert beurteilen mufs". Vgl. 36, 28 ff. Zu dieser Annahme stimmt der lat. Text: *Illos igitur ita confundens docuit, ne errarent in his, quae foris apparerent, sed interna attenderent. Secundum illum itaque pium ac sapientem regem tu quoque fecisti.*

41, 7. Dahinter ist ein Punkt zu setzen.

41, 34 l. *Diex.*

42, 4 ist nicht mit dem folgenden, sondern mit dem vorhergehenden Vers zu verbinden (lat. *Plantavit etiam paradisum voluptatis in oriente, laetitia et omni delectatione plenum, et posuit in illo hominem*). Für das sinnlose *ties* ist wahrscheinlich *K'iest* oder *K'iert* zu schreiben; das *i*

---

[1] Auch *qch. a mestiers* (Plur.): 208, 36. 251, 16.

2

von *qui* vor *est* zu elidieren scheut sich Gui von Cambrai nicht, s. 120, 24. 136, 5. 248, 31. 287, 31. Man könnte auch vermuten *Liu plain de joie.*

42, 37 l. *Ke* statt *Ki.*

43, 25 l. *Ont.*

44, 38. *K'il* giebt keinen Sinn; l. *Si* oder *Cil* (oder auch *Gui*); hinter V. 37 ist ein Punkt zu setzen.

45, 28. *Nel* = *ne la* gebraucht unser Dichter auch sonst: 101, 10, 27. 200, 31. 228, 6. 252, 20. Hier aber ist doch vielleicht *nel* nur verschrieben für *ne;* vgl. die zu Grunde liegenden lat. Worte: *Forte is est ... lapis iste pretiosissimus, quem ... non omni cernere volenti ostendis.*

46, 26. Das Fragezeichen ist in einen Punkt zu verwandeln.

48, 34. *Chou voirs* ist verderbt; dem Sinn entspräche etwa *Pour chou.*

49, 1—4 sind so abzuteilen: *A vie parmenable bée L'ame, n'a à el sa pensée, Anchois atent et si desire Le souverain jor* etc.

50, 38 d *tous jors Soufferront mais painnes dolors.* Das hier unerträgliche Asyndeton ist wohl sicher mit den Herausgebern durch *et* vor *dolors* zu beseitigen. Doch möchte ich deshalb nicht *mais* streichen, sondern lieber *painne et dolors* lesen. Der Wechsel des Numerus ist zwar etwas hart, aber nicht gerade ungewöhnlich; vgl. das Umgekehrte 51, 8 f. *la grant dolour et les painnes.*

51, 14 *Dites moi comment saves Puis que li hons sera chi mors Reprendera l'ame son cors* etc. Man vermißt die Form der Unterordnung des Objektsatzes *Reprendera* etc. Wie er überliefert ist, könnte dieser Satz nur als direkte Frage gelten, was dem Sinn entschieden widerstrebt. Ich möchte daher schreiben: *Ke reprendra l'ame son cors.*

52, 27 *Ne del relief de sa maison Ne li voloit faire parchon.* Für das erste *ne* ist wahrscheinlich *nes* zu schreiben; vgl. den lat. Text: *... ita ut pauperem quendam, Lazarum nomine, ante ianuam illius iacentem sperneret, et* neque ex ipsis *quae de mensa illius cadebant micis daret illi.*

54, 32 *Che sont cil cui lor bonne fois Esprouva tant sa memoire.* Vergleichen wir Stellen wie 58, 10 *Ki dont sera bien en memoire,* 87, 20 *K'il poroit faire en sa memoire,* 95, 13 *la gloire K'il ont adies en lor memoire,* so liegt folgende Verbesserung nahe: *Che sont cil cui lor bonne fois Esprouva tant en sa memoire* „das sind die, welche ihr Glaube so erprobte für sein Gedenken (d. h. so empfahl dafür, dafs er ihnen angerechnet würde)". Mit dieser eigentümlichen Bedeutung von *memoire* hängt auch die Bedeutung „Ruhm" zusammen, die das Wort 85, 5 und 161, 29 zeigt. *Cui* als Accus. z. B. 96, 18.

56, 3 f. *Les .V.* (die thörichten Jungfrauen) *sont fors de la saison, De la saison si biens n'abonde Car malvaistiés trop i sejorne. Saison* heißt hier „der günstige Augenblick", „die rechte Zeit"; vgl. Scheler zu Baudouin de Condé 514, Förster zum Chevalier as II espées, V. 62. Die Negation vor *abonde* ist sinnlos, daher zu streichen, wenn wir annehmen wollen, dafs sich der Dichter hier mit der Assonanz *abonde : sejorne* begnügt hat. Betrachten wir die übrigen Stellen des Gedichts, an denen statt des Reimes Assonanz vorliegt, so ergiebt sich, dafs man folgende Stellen mit voller oder ziemlicher Sicherheit als verderbt anzusehen hat (sie sind teils von Muss., teils in dieser Abhandlung jede an ihrem Ort verbessert oder besprochen): 5, 39 (und 27, 23). 13, 12. 30, 35. 34, 32. 58, 37 (und 100, 6. 253, 18). 65, 5. 65, 30 (und 70, 2. 78, 10. 106, 30).

72, 7. 80, 22. 90, 15. 90, 22. 160, 1. 202, 23. 218, 21. 234, 34. 241, 30. 242, 5. 273, 12. 289, 39. 297, 34. Wahrscheinlich verderbt ist 65, 25 (s. z. d. St.). Nicht als Assonanzen, sondern als vollgiltige Reime sind anzusehen: 12, 15. 21, 27 *femme : regne*, 53, 37 *eslonge* (= *esloigne*) : *enbesoigne* (über 59, 27 *signori : escil* und 288, 20 *repenti : escil* vgl. zu 288, 20), 198, 37 *Egypte* : *despite*, als Verstöfse gegen die Flexionsregel 58, 19 *par auctorité : vérité(s)* (doch hat der Dichter vielleicht geschrieben *Mostrent par lor autorités*), 193, 17 *tenchon(s) : compaignon*. Es bleiben vier an sich unverdächtige Stellen, die Assonanz statt des Reimes aufweisen: 51, 25 *souffri : mis*, 110, 30 *art : combat*, 144, 13 *emprise : martyre*, 163, 5 *asist : vit*. Da selbst bei sorgfältig reimenden Dichtern vereinzelt Assonanzen den Reim vertreten, müssen wir diese Thatsache auch bei Gui von Cambrai anerkennen. Hingegen ist 56, 2 f. die Assonanz *abonde : sejorne* zwischen nasalem und nicht nasalem *o* nicht erträglich. Dazu kommt, dafs selbst nach Streichung der Negation der Zusammenhang des ganzen Satzes unklar ist; denn es läfst sich aus V. 4 nur mit grofser Mühe ein verständiger Sinn herauslesen, wenn man nämlich *i* nicht auf *la saison*, sondern auf *les cinq* (*virgenes*) bezieht. Daher bringt auch die Vermutung *ajorne* für *n'abonde* keine ausreichende Hilfe.

56, 19 s. zu 22, 19.

56, 27 möchte ich interpungieren *Ichou, sachies bien entresait, Aves etc.*

57, 9 *Par les virgenes et par les tens Pues bien entendre etc.* *Par les virgenes*, woran Muss. Anstofs nimmt, soll heifsen: „Durch das Gleichnis von den Jungfrauen". Unter *les tens* kann man die verschiedenen Zeiten verstehen, zu welchen die klugen und die thörichten Jungfrauen Einlafs begehren. Doch ist es mir wahrscheinlicher, dafs *le tens* zu schreiben ist, womit dann die Zeit der Mitternacht gemeint wäre; wie es im lat. Text lautet: *Per mediam noctem incertitudinem diei significat.*

58, 19 s. zu 56, 3.

58, 38 l. *Rechoif.* Dafs in *rechoit* der Imperativ steckt, hat Muss. erkannt.

59, 13 *Ki son cuer met en tel prison.* Dieser Satz hat keinen Nachsatz, ist also mit V. 12 zu verbinden. *Ki* ist wohl in *Et* oder doch in *Ke* (so dafs) zu verwandeln.

59, 34 *Car il en lait molt d servir.* Der Vers ist mir nur verständlich, wenn man mit geringer Änderung schreibt *Car il l'en lait molt d servir* (denn er unterläfst es darüber sehr ihm zu dienen). Dann ist hinter diesem Vers zu interpungieren und V. 35 als Vordersatz von 36 aufzufassen.

60, 11 *Poures porfis si est de mort.* Ma vor *mort* ist nicht zu entbehren; also ist wohl zu schreiben *Poures porfis t'iest* (oder *t'iert*) *de ma mort.* Im lat. Text heifst es *Quid tibi, o homo, necis meae proficuum est?* — Im V. 13 ist *soelés* zweisilbig zu lesen = *solés* 268, 33, oder wenn es wie 288, 8 f. der Schreibung gemäfs dreisilbig ist, so mufs statt *ieres iers* geschrieben werden.

61, 24 ff. *Ja n'i ara point de raison; Et de chou k'il entent et ot A molt l'arcier tenut por sot.* Weder V. 24 an sich noch die Verbindung von 24 und 25 durch *Et* ist verständlich. Ist V. 25 richtig überliefert, so mufs davor eine Lücke (von mindestens zwei Versen) angenommen werden. Darin könnte die Rede des Bogenschützen abgeschlossen sein entsprechend dem lateinischen *Deinde honorifice te dimittam.* Was aber aufserdem in der Lücke von dem Vogel gestanden haben sollte, so dafs sich V. 25 daran anschliefsen könnte, ist schwer ausfindig zu machen. Sieht

2*

man aber von der Annahme einer Lücke ab, so mufs in V. 24 und in V. 25 ein Fehler stecken. V. 24 hat vielleicht ursprünglich so gelautet: *Ja n'ara point de desraison* „es wird ihm niemals irgend eine Kränkung geschehen'" Diesen Sinn hat *desraison* auch 76, 13. In V. 25 genügt es vielleicht *Et* zu streichen und zu lesen *De chou ke il entent et ot*; die ausdrückliche Bezeichnung des Subjekts ist hier allenfalls zu entbehren, da sie V. 27 nachgeholt wird. Besser wäre freilich *Li lousignos de chou k'il ot.*

62, 19 *Car plus est graindre que jou toute.* *Toute* bezieht sich auf den Redenden (*oysiaus, lousignos*), hat also falsches Geschlecht. Den Irrtum hat der Dichter begangen, der sich genau an den lat. Text anschlofs: *quoniam ego tota non possim pertingere ad magnitudinem ovi struthionis.* Auch mag sich der Dichter die Nachtigall weiblich gedacht haben, da der Edelstein, den sie im Leibe zu tragen behauptet hat, mit einem Ei verglichen ist. In der Sammlung von Barbazan und Méon, wo sich dasselbe Geschichtchen findet (II 140, III 114), steht an dieser Stelle das Masc.: *quant ge tos ne poise pas tant*, während im *Récit du menestrel de Reims* (461 ff.) das Femin. *et je toute ne sui mie si grosse* sich dadurch erklärt, dafs hier der Vogel *une mésange* ist.

62, 23 *Por chou est cil fols et mesfais Les dex k'il a de ses mains fais Aeure et prie.* Ist die Überlieferung richtig, so liegt eine sehr harte Auslassung des Relativpronomens (nach *cil*!) vor, viel härter als 289, 1 *Tes* (= *tels*) *i est nés mar i entra* (über 291, 26 f. s. zu d. St.). Vielleicht ist in V. 24 *Ki* für *Les* zu setzen.

63, 3 *Ensaignent* : *adaigne*. Die Ungenauigkeit des Reimes fällt hier vielleicht dem Dichter zur Last; doch hat er wahrscheinlich ad sensum konstruiert: *N'i a chelui ki pas s'adaignent* (vgl. Tobler, Verm. Beitr. I S. 190); der V. 6 folgende Plur. *les* macht dies fast unzweifelhaft. — Ungenaue Reime sind ferner 101, 18 *à compaignon* : *nous descompaignon(s)*, 154, 19 *signories* : *eiles*, 161, 31 *vertu* : *afi*, 268, 26 *jou defal* : *sel* (*sal*? Latinismus?) [1]), 299, 16 *faut* : *Yosaphat*. Als Reim fürs Auge ist zu bezeichnen 274, 12 *despendu* : *u* (= *où*); vgl. Tobler, Vrai aniel * XXXIII. Über die Fälle von Assonanz ist zu 56, 3 gehandelt. Sogenannte Zwitterreime wie 71, 6 *samblanche* : *blanche* sind unverdächtig. Nur in der Schreibweise ungenau sind 36, 26 *plaindre* : *atendre* (= *ataindre*), 79, 20 *justice* : *promise* (vgl. 132, 25. 173, 20. 206, 19). Nicht ganz klar ist die Aussprache der Reimvokale 179, 33 *Caldeu* : *Gryu* (*Caldeu* reimt 178, 38 mit *deu*, *Gryu* ist einsilbig) sowie 195, 18. 196, 7 *Corineus* (dreisilbig) : *Brutus* : *plus* (in Waces Brut. I S. 40 ff. reimt *Corineus* ebenfalls : *us*, ist aber viersilbig). — 61, 33 und 228, 18 zeigt die Hdschr. den regelrechten Reim. Hergestellt ist dieser 85, 14 und 211, 2 von den Herausgebern, 169, 7 und 244, 16 von Mussafia. 7, 33 und 28, 7 sind oben verbessert. 201, 18 l. *matere* (: *pere*; vgl. 97, 31. 147, 20. 152, 35. 155, 27. 243, 10; : *venere* 197, 12). 217, 25 l. *par parole vaire* (s. z. d. St.). 226, 37 l. *affaire* statt *parage*. Heillos verdorben ist 84, 8 *boire* : *demeure.*

63, 6 l. *Diu.*

65, 5 l. *rien.*

65, 25. Die Annahme einer Lücke zwischen V. 25 und 26 ist wenig wahrscheinlich. Es ist wohl *avarisce* : *vice* zu schreiben. Was an Stelle des vermutlich aus dem folgenden Vers eingedrungenen *malvaises* ursprünglich gestanden hat, läfst sich natürlich nicht mehr sagen.

---

[1]) Offenbare Latinismen sind *nobile* 98, 18, *abitasion* (fünfsilbig) 136, 37. 280, 4, *conjunction* 44, 15, *resurrezi* 119, 33, einige Akkusativformen von Eigennamen: *Perseum, Castorem, Elenan, Pollucem* 186, 5 f., *Typham* 201, 14, *Moysem* 203, 6, *Isin* 201, 6.

65, 30 *ocist* (Praes.) : *dit*, l. *ocit*; ebenso 70, 2. 78, 10. 106, 30.

66, 17 *siert* Imperativ von *servir*; dieselbe Form ist überliefert 111, 26. 27 und 148, 22, wo die Herausgeber *sier* zu verbessern vorschlagen. Doch ist eher Verschreibung des *siert* aus *sierf* anzunehmen.

70, 1 ist mit dem Vorhergehenden zu verbinden.

71, 19 l. *la douchours* (Nom. wie V. 16) *li fait queillir*; zu ergänzen ist *le = le fruit.*

72, 7. Statt *n'ot pooir* (: *seoit*) l. *ne pooit.*

73, 8 *Les bestes rungent si sa vie K'il ne set lues que il est mors; Et quant etc.* Lues que steht in unserem Gedicht sehr häufig, z. B. 78, 18. 144, 22. 213, 18. 229, 16, heifst aber nicht, wie es hier heifsen müfste, „bis", sondern „gleich nachdem", „sobald als". Sind also die Worte richtig überliefert, so ist vor *lues que* zu interpungieren und das Semikolon hinter *mors* zu streichen. Diese Satzverbindung ergäbe aber eine unerträglich ungeschickte Ausdrucksweise. Wir werden also die bisherige Interpunktion beibehalten und für *lues que* eine Konjunktion einsetzen müssen, die „bis" bedeutet, also *desque* oder *jusque.* (Geläufiger ist unserem Dichter *tant que,* z. B. 95, 9. 128, 15 und *desci adont que,* z. B. 104, 17. 109, 6. 185, 29).

73, 17. Dahinter ist ein Punkt zu setzen.

77, 2 f. *Cil le regarde douchement Si li prie molt humlement.* Subjekt zu *prie* kann nur der Bittsteller sein, während *cil* der dritte Freund ist, an welchen er sich wendet. Dieser Subjektswechsel scheint mir nicht erträglich, wenn V. 3 mit *si* beginnt, sehr wohl aber, wenn der Dichter nicht *si li prie,* sondern *ki li prie* geschrieben hat. Eine Umstellung der Verse 2 und 3 würde allerdings jenen Übelstand auch heben, aber den schon vorhandenen Pleonasmus in der Darstellung der demütigen Bitte noch störender hervortreten lassen.

77, 15 verbinde ich mit dem Folgenden.

77, 16 s. zu 129, 18.

77, 21. Muss. hat darauf hingewiesen, dafs in *iert* lat. *ero* steckt. Thatsächlich ist die Lesart der Hdschr., wie oben erwähnt, eher *ierc* als *iert.* *c* (= tsch) als Endung der 1. Sg. Praes. (und auch Perf.) ist in den pikardischen Mundarten sehr beliebt (vgl. Suchier zu Aucassin, S. 69). Der Schreiber unserer Hdschr. hat dafür eine besondere Vorliebe. So setzt er dieses *c* (oder *ch*) — abgesehen von *fac(h)* (mindestens 6 mal), *faich* (mindestens 10 mal), wo es organisch ist — für *t*: *mec* 106, 4. 156, 26. 234, 29. 242, 15. 243, 16, *menc* 133, 23. 163, 15. 199, 12, *renc* 55, 15. 211, 16. 228, 3. 247, 5, *entenc* 55, 16. 135, 14, *parc* 101, 24, bei Verben der 1. Konjugation: *cuic* (mindestens 15 mal), *douc(h)* 116, 35. 117, 6. 226, 4, *demanch* 227, 22; für *f*: *vic* (*vivo*) 106, 18; für *l*: *veuc* 192, 30, 1. Konjug. *paroc* 205, 11, 14; einem Nasallaut angefügt: *crienc* 116, 35, *mainc* 105, 27, *tienc* 106, 22 (hingegen ist das unorganische *g* in *tieng* 239, 38. 240, 7. 242, 33 und *vieng* 35, 28. 247, 2 nur eine Bezeichnung des Nasallauts), 1. Konjug. *ainc* 106, 19. 113, 3. 227, 10. 284, 31. — *hac* (*je hais*) 64, 29) könnte für *has* stehen. Die Stellen, wo dieses *c* sich auch ins Perf. eingedrängt hat, sind oben zu 8, 35 angeführt. — Bisweilen setzt der Schreiber dieses *c* auch da, wo der Reim es ausschliefst: 34, 35 *cuic* : *fruit,* 58, 37 *commanch* : *avant,* 100, 6 *renc* : *jugement,* 253, 18 *renc* : *longhement.* Dafs aber der Schreiber neben jenen Formen mit *c* dieselben und gleichartige auch ohne *c* kennt, zeigt z. B. *met* 237, 34, *ment* 167, 31, *quier* 240, 9, 11, *voel* 268, 6 und das sehr häufige *cuit*; stets *ai, sui, voi, croi,* *di*[1]). Durch den Reim wird jenes *c* an keiner Stelle bestätigt, obwohl die Formen, denen es der Schreiber gern giebt, im Reim sehr häufig sind (*cuit* z. B. mindestens 15mal). Daraus etwa den Schlufs zu ziehen, dafs dem Dialekt des Dichters jenes *c* fremd sei, wäre voreilig, da Reimwörter zu allen jenen Formen auf *c* sehr selten sind. — Mit diesem pikardischen *c* hat nichts zu thun das bekannte gewissen Verben in der 1. Pers. Sing. angefügte *s*. Im Reim findet sich *puis* (: *puis* = puteus 250, 23, *truis* 36, 17. 228, 7 (*truis* : *puis* 126, 6), *vois* (vado) 88, 37. 98, 3. 273, 30, im Inneren des Verses aufserdem *doins* 64, 9. 161, 32, *pruis* (probo) 171, 37. 172, 36. 173, 26 u. ö., *ruis* (rogo) 240, 13. 252, 12. Fälschlich steht *dois* 159, 1 für *doi* (diese Form im Reim 158, 28 und 234, 30). — Bei den Verben der 1. Konjug. wird die 1. Sing. Ind. Präs. sonst gewöhnlich ohne Endung gebildet, was etwa 55mal durch den Reim und mindestens 18mal durch die Silbenzahl des Verses sich erweist. Daneben jedoch findet sich auch schon die Endung *e*, im Reim *devise* 7, 19. 54, 20, *doute* 9, 4, *conte* 30, 33. 192, 13, *vole* 62, 5. 87, 15. 112, 21, *encoupe* 190, 21, *pose* 223, 28, *sacrefie* 243, 29, *compere* 269, 35, *guerredonne* 274, 9; so auch im Inneren des Verses (vor konsonantischem Anlaut), z. B. *destorbe* 17, 12, *raconte* 32, 26.

79, 14. Da überliefert ist *Et là est il ses miudres amis*, so ist nur das *s* von *miudres* zu tilgen. Masculina auf *e*, die im Laufe der Zeit ein unorganisches *s* annehmen, zeigen in unserem Gedicht beide Formen. So steht im Reim *pere*, z. B. 22, 19. 86, 36, *maistre* z. B. 47, 31. 88, 22. 105, 6, *sire* z. B. 41, 10. 45, 9. 55, 17 (88, 22 l. *sire* für *sires*); oft wird auch das *e* dieser Wörter elidiert, z. B. *pere* 10, 1. 23, 35. 29, 29 u. ö., *frere* 10, 7, *maistre* 107, 6. 108, 6 u. ö., *emperere* 196, 20, *justiciere* 198, 34. Fälschlich steht *s*, obwohl das *e* zu elidieren ist, 32, 25. 34, 22. 214, 30. 271, 38 (wo aber vielleicht *G'ier* zu schreiben ist). Über 154, 1 *s.* zu 153, 35. Die Endung mit flexivischem *s* ist bei diesen Wörtern etwas seltener. Sie findet sich vor vokalischem Anlaut in *peres* 156, 29, *paistres* 67, 22 (hingegen mit Elision des *e* V. 37), *maistres* 285, 3. 111, 15 (s. zu 22, 16), *prestres* 31, 1, *sires* 6, 27. 196, 17, *licieres* 189, 35, *menres* 178, 7. Die Fälle, wo sich die Endung vor konsonantischem Anlaut findet, übergehe ich, ebenso die, wo derartige Worte untereinander reimen.

79, 35 *S'ame garist et les deus pert.* Das kaum verständliche, jedenfalls sehr unbeholfene *et* ist ~~vielleicht in quant zu verwandeln.~~

82, 19 *A ses feoles les commanda.* In *feoles* steckt sicherlich *feols* = *feauls*; dann ist weiter nichts zu ändern. Im lat. Text heifst es *Et fidelissimis committens famulis* (wo als Objekt die aufgezählten Schätze zu ergänzen sind).

82, 30 f. l. *porté : à grant plenté.*

83, 9. Dahinter ist zu interpungieren.

83, 16 l. *voleptés*; dies ist der Hauptbegriff im lat. Text: *qui illiciunt nos dulcedine voluptatum.*

83, 20 *Si avient chose que li mors Ki trache ceste signorie.* Dafs die Stelle verderbt ist, hat schon Muss. angemerkt. Der Fehler steckt in *Ki trache*, wofür etwa *Esrache* oder *Esfache* (vgl. 47, 16) einzusetzen ist. Dann ist V. 21 mit dem Folgenden zu verbinden.

83, 37 l. *le* statt *les.*

---

[1]) Zweifelhaft ist, ob *quiert* 214, 11, *revient* 292, 5 für *quier*, *revien* oder für *quierc*, *revienc* verschrieben ist. *Vait* für *vai* hat sich 251, 25 aus dem vorangehenden Vers eingeschlichen. Bedenken macht mir 48, 4 *crient* (: *vient*), wo *crient* 1. Pers. zu sein scheint, vielleicht eine Nachlässigkeit des Dichters!

84, 38 *Et tels est li mons et semenche.* Der Vers hat vermutlich so gelautet: *Tels est li mons et se semenche.*

85, 24 s. zu 238, 16.

86, 8 l. *pri.*

88, 18. Da von einem Gebot (s. V. 19 und 21) die Rede ist, steckt in dem verderbten *si sont* wohl ein Konjunktiv, vielleicht *facent.*

89, 12 s. zu 22, 16.

90, 12 *Se tu chou vels seulement querre.* Für das nichtssagende *seulement* vermute ich *soutiment.*

90, 14 *uns fumes naist* scheint verderbt aus *uns fons en naist* (lat. *Alii quidem [fontes] in superficie terrae oriuntur*). V. 15 ist von Muss. verbessert.

90, 22 f. *paile : maile* offenbar entstellt aus *pale : male.* Die Form *paile* steht auch 280, 23. 282, 4 (*enpaili* 281, 6); vgl. darüber Förster, Chevalier as II espées, S. XXXIV. *Mal* als Adj. s. z. B. 82, 4. 187, 26. 228, 23. 269, 23.

91, 8 s. zu 129, 18.

91, 22. Überliefert ist *Otr, parler en a ot*, die Herausgeber ändern *Otr* in *Oil.* Der Satz antwortet auf die vorausgehende Frage *Dont nen ot onques mes pere Parler de ces commandemens ..?* Handelt es sich darum, bei der Entgegnung auf eine Frage oder Behauptung einen Verbalbegriff, auf den es hauptsächlich ankommt, aufzunehmen, um ihn gleichsam als Stichwort an den Anfang der Entgegnung zu stellen, so hat man dafür im Altfranzösischen (wie wohl in den meisten Sprachen) drei verschiedene Formen: 1. Der Verbalbegriff wird aus dem vorausgehenden Satz unverändert entnommen; so 134, 38 f. *„Le fil le roi nous a souduit".* *Cil li respont; „Souduit nous a!"* 272, 32 *„Si entresait Est on dampné s'on a mesfait".* *„Dampné, oil certainnement".* Ebenso 275, 7. Vgl. Montaiglon et Raynaud, Recueil de Fabliaux I S. 91 *„Aucunes gens vos connistront Qui lor ostel vos presteront".* *„Presteront! fils etc."* S. 99 *„Tox li poissons de là hors put".* *„Put!" fet sire Hains*; ebenda IV S. 120 *„Deus vous saut!"* *„Saut! fait ele, mès doinst la mort!"* Ebenso IV 188, V 49 und 236[1]). —. 2. Steht der herauszunehmende Verbalbegriff des vorangehenden Satzes in der 1. oder 2. Person, so pflegt ihn der Entgegnende in die Form zu kleiden, die er ihm in einem vollständigen Satz geben müfste; es tritt also statt der 1. sie vertretenden die 2. Person und statt dieser (oder der 3.) die 1. ein. So 269, 24 *„Male dame ai ki si m'oublie".* *„Oubli! por Diu, non faich".* Chevalier au lion V. 335 *„Ge ... gart les bestes de cest bois".* *„Gardes? ..."*, 5737 *„Et je la revoel li tenir ..."* *„Volez, biax sire? ..."*, 5745 *„Vos la desdaigniez".* *„Desdaing, sire? Nel fax".* Montaiglon, Recueil I S. 100 *„Tu le comparaisses aparmain".* *„Comparaisse?"*, II S. 81 *„Comment osastes vous che dire?"* *„Osai, pour quoi?"*, III S. 55 *„Nous mengons ..."* *„Mengiés, faites?"* Ebenso III S. 239, V S. 49, VI S. 98. — 3. Bisweilen wird der Verbalbegriff in seiner gewissermafsen absoluten Form, als Infinitiv herausgenommen. Der ungeduldig Entgegnende gönnt sich nicht die Zeit, den Verbalbegriff in die Form zu bringen, die ihm in einem vollständigen Satz zukäme: 270, 30 *„Comment! jou me repentirai Et puis apres si douterai!"* *„Voire, douter et repentir ..."* 275, 14. 275, 38 *„Laissier le*

---

[1]) Der Verbalbegriff kann auch in einer gleichbedeutenden, äufserlich verschiedenen Form aufgenommen werden, Cliges 1395 *Apelerai le par son non ..? ... Par son non l'apele?* Vgl. 6598. Fergus 50, 22 *Se ne li di. — Jel di!*

doit sans ochoison Cil ki Diu aimme et son saint non". „*Amer, jou ne le puis amer*". Vgl.
228, 5 (wo der aufgenommene Begriff durch ein synonymes Verbum ersetzt wird); Flore und
BlanceOur V. 1620 „*Fai que sages: arriere va . . .*" *Amors respont: „J'oi grant folie. Raler! et
ci lairas t'amie?*" Fergus 51, 2 „*Jamais ne m'ameroü, je cuif*". — „*Amer? ne tant ne quant
ne m'aime*". Jeh. Uodel, Le Jeu de Saint Nicolas (bei Bartsch, Chrestom.³ 311, 38 „*Gardés qu'il
n'en escap uns seus! Escaper, li fil à putain!*" Montaiglon I S. 101 „*Moult va près que je ne
coment (= comenc)*". „*Comencier, fet dame Anieuse, Je suis assez plus covoiteuse Que vous n'estes
del comencier*". V S. 174 „*Si me baisies . . .*" „*Baisier?*" *fait il . . .*¹). — Hieraus ergiebt sich,
dafs an der Stelle, von der wir ausgingen, keine Änderung nötig ist.

92, 33 *Souventes fois i ont alé* (: *cité*). Die Bedenken der Herausgeber sind unbegründet;
reicher Reim ist nicht erforderlich, auch die Konstruktion von *alé* mit *avoir* ist unbedenklich,
vgl. 137, 27 *Tant ont alé par les desers.*

92, 34 l. *A compaigne*. vgl. 134, 4 *à grant compaigne* (: *montaigne*).

93, 18. Statt *coulour* l. *doulour*.

93, 30 *De sa poureté ains s'esleche.* In unserem Gedicht ist *esleechier* sonst stets vier-
silbig, so 17, 22. 24, 35. 130, 31. 157, 32, *leeche* dreisilbig, so 18, 16. 24, 1. 58, 11. 94, 5. 115, 24.
144, 33. 146, 39. 230, 4, ein einziges mal, 285, 34, ist *leche* überliefert, wo aber die un-
bedeutende Änderung *et s'a molt grant leeche* nahe liegt. *Poureté* wechselt mit *poverte*: im Reim
finde ich *poureté* nur einmal, 114, 16 (: *plenté*), *poverte* viel öfter: 7, 6. 86, 30. 94, 22. 96, 4.
112, 29. 128, 3 (l. *poverte* mit Muss.). 146, 21. Demnach ist wohl auch 93, 30 zu lesen: *De sa
poverte ains s'esleeche.*

94, 27 l. *Et sans aïde bien aidiés.* Im Reim findet sich sonst stets *aïe*, so 75, 15.
79, 11. 82, 37. 125, 34 u. o., die Urkunden von Cambrai schwanken zwischen *aide, aive, aiwe, aiuwe,
aieue*, wieder ein Beweis dafür, dafs man aus der Reimgewohnheit nicht mit unbedingter Sicher-
heit auf mundartliche Eigentümlichkeiten schliefsen darf²).

94, 33 *Onques ne mena nostre vie.* *Mena* ist hier sinnlos. Den Zusammenhang ergiebt
der lat. Text: *O miraculum, amice, quia mihi et tibi numquam sic nostra placuit vita, sicut vilis
haec et miserrima sua vita hos stultos laetificat.* Danach möchte ich vorschlagen, für *ne mena* zu
schreiben *n'amames* oder *n'esmames.*

96, 16 *Et si ara la trinité*; l. *l'eternité* (oder mit Metathesis *l'etrenite*). Der lat. Text lautet
Sine dolore enim et sine tristitia vivent in aeterna vita. Vgl. auch 95, 38.

97, 17 *saimme* ist = *s'aime.*

98, 21 *Avoec son fil l'a demandée*; *avoec* bedeutet hier „für", d. h. „zur Ehe für". Die
von den Herausgebern vorgenommene Änderung *à l'oes* (= ad opus) scheint mir ebenso unnötig
zu sein wie die gleiche Vermutung von G. Paris im Aucassin 32, 19 *Et les gens del pais disent
au roi qu'il detiegne . . . Nicolete aveuc* (Paris: *a neus*) *son fil.* Vgl. Robert de Clari 19 *Si mande
a Phelippon . . . qu'il li donnast se sereur avec sen fil,* Cliges 2668 *Que il sa fille la greignor Lor
doint avuec* (Hs. M *a oes*) *l'anpereor.*

---

¹) Dieselbe Form der Entgegnung findet sich sehr wirksam bei Schiller, Wallensteins Tod II 6: „Macht's
wieder gut! Schnell trennt Euch von dem Herzog". „Mich von ihm trennen!" „Wie, bedeukt Ihr Euch?" „Nur
von ihm trennen? O, er soll nicht leben!"

²) *aus = aiue* : *massue* reimt bei Jacques de Cambrai (Bartsch, Altfr. Romanzen u. Pastourellen III 48, V. 40).

99, 6 *De devant lui priveement Cousoit un poure vestement.* Die Vergleichung der lat. Worte *sedens ante ianuam* weist auf die Verbesserung *De devant l'uis,* wenngleich *priveement* dazu nicht sonderlich passen will.

100, 19 l. *Le viex hom.* Am Ende dieses V. ist stärker zu interpungieren.

100, 31 l. *gendre.*

102, 7 *Ne por chou n'en demandoit mie. N'en* ist wahrscheinlich verschrieben für *nel* = *ne la* (vgl. zu 45, 28).

102, 16 l. *le fais.*

102, 18. Das Komma ist zu tilgen. *Porpense* ist wahrscheinlich zu lesen als *por pensé. Pensé* als Subst. ist in unserem Gedicht häufig; als Reimwort steht es 89, 38. 158, 33. 221, 30. 222, 5. 288, 35 (241, 12 ist wohl *empensé* zu schreiben).

102, 29. Die Lesart der Hdschr. *paraus* (= *pair*) ist einzusetzen.

102, 34 *Mais en as tu bien entendu.* Die Worte werden durch ihre Stellung als Frage gekennzeichnet. V. 35 ist mir nur dann verständlich, wenn *a* in *ai* verwandelt wird. Dann bedeuten die beiden Verse: „Hast du dich auch (wie jener Alte in deiner Erzählung) davon überzeugt, ob ich (wie jener Jüngling) verständige Antworten gegeben habe?" Auch der lat. Text hat an der entsprechenden Stelle eine Frage: *Sed quae est examinatio, per quam firmitatem mentis meae quaeres?*

104, 23 f. Die Verse bieten keinen Zusammenhang; besonders fehlt die Rückbeziehung für das Subjekt von *ke ne sont.* Vermutlich sind zwischen 23 und 24 einige Zeilen ausgefallen, des Inhalts: „daſs Gott an Macht alle Mächtigen der Erde übertrifft". Nimmt man an, daſs der erste der ausgelassenen Verse — was sehr nahe liegt — mit *ke Diex est* angefangen habe, so erklärt es sich leicht, wie der Schreiber von diesem Vers auf V. 24 *Car Diex est etc.* abirren konnte. Der lateinische Text stimmt zur Annahme einer Lücke; es heiſst dort: *Nullus enim hominum horum aliquid potuit aliquando perficere, neque rex neque sapiens neque dives neque potens etc.*

108, 3. Das Komma ist zu streichen.

109, 36 *Le vestement despoilliet a Ke par desous avoit vestu.* Da Barlaam sein Obergewand ablegt, so ist statt *desous* zu schreiben *desour* (vgl. 3, 33, wo die Hdschr. umgekehrt *sor* statt *sous* hat), oder auch *defors* (lat. *exuta qua indutus erat veste forinseca*).

111, 15 s. zu 22, 16.

111, 26 l. *sierf.*

111, 38 f. *Donroi* für *donroie* sowie *volrois* für *volroies* wären der Form nach denkbar, der Sinn aber weist vielmehr auf das Fut. *donrai — volras* (wie 112, 4 und 5).

112, 16 l. *folor* statt *dolor.*

112, 18. Statt des matten *De ton avoir d riche gent* hat der Dichter, der für Antithesen groſse Vorliebe zeigt, wohl geschrieben *De poure avoir d riche gent* (lat.: *quomodo erit istud, ut tu pauper divitibus praebeas eleemosynam*).

114, 14 l. *ta pensée.*

115, 9 l. *L'acumenie.*

115, 9. Statt des Punktes setze ein Komma.

116, 16 l. *le* statt *li.* In der Hdschr. ist das Wort verwischt.

116, 33 zu interpungieren *S'en est venus, tout en rekoi Li dist:*

117, 2 *Ki .I. straigne homme lais aller*. Dafs im Norden des französischen Sprachgebietes prothetisches und auch ursprüngliches *e* vor *s* impurum bisweilen abfällt, ist bekannt, vgl. Suchier in Gröbers Grundrifs I 579 (so findet sich z. B. in der *Prise de Nueville*, Trouvères belges n. s. XIV, wo die wallonische Mundart karrikiert wird, *scoutés, stoumie, spede, scoufle, scourcie*). Ebenso wohl wäre es möglich, dafs hier *estraigne* dasselbe Schicksal erleidet (ähnlich ist *soigne* für *essoigne* in unserem Gedicht 75, 16 überliefert und sonst ziemlich häufig, s. Godefroy s. v., ja sogar die Aphärese *vesques, glise* findet sich auch in Denkmälern von Cambrai, *glise* z. B. 2, 32). Da sich aber im Barlaam sonst nur die volle Form *estraigne (estragne, estraingne)* zeigt, s. 57, 3. 80, 17. 103, 8. 133, 10. 146, 37. 156, 8. 196, 1. 251, 8, so möchte ich 117, 2 statt *Ki .I. straigne* schreiben *Ki estraigne* oder *K' .I. estraigne.*

117, 29. Statt des Semikolons ist ein Komma zu setzen.

117, 32. Statt *repens* l. *repons*, ebenso 118, 4 *repont* statt *respont*; vgl. im lat. Text: *Ingredere tu infra cortinam* und *post cortinam posuit eum.*

118, 13. Mit diesem Vers beginnt die direkte Rede, die 119, 37 abschliefst. Auffallender ist der Wechsel zwischen indirekter und direkter Rede 143, 19. Siehe auch 73, 27. 75, 1. 77, 32.

119, 24 *Ki enfouis est en Bethanie*. Der Vers ist um eine Silbe zu lang, wenn man nicht Elision des *i* von *ki* annehmen will, die ich in unserem Gedicht nur vor *est* nachweisen kann (s. zu 42, 4).

120, 21. Das Komma ist zu streichen.

121, 34. Es ist mit der Hdschr. zu lesen: *Decheüs sui en m'esperanche* (*„spes mea fefellit me"*). Hingegen sind mir V. 31 f. dunkel geblieben. Allenfalls lassen sie sich verstehen, wenn man mit V. 31 einen neuen Satz beginnt und V. 32 *jete* liest: „Wirf die Fessel von deinem Hals! Wer (anders) könnte wohl alle deine Sünden losbinden?" Doch befriedigt auch diese Erklärung nicht recht.

122, 20 *K'ele vers Diu se peüst faindre*. Der Vers ist mir unverständlich. Daher möchte ich statt *Diu* schreiben *lui* (= *le roi*).

124, 28 f. sind, glaube ich, so abzuändern: *Ke chou li puet faire damage K'il voit le fil le roi mener.*

125, 1 ff. Die Verse sind, wie schon Mussafia erkannt hat, arg entstellt. Ziemlich sicher ist, dafs das Ende von V. 2 gelautet hat *a engenré*. Über den sonstigen Wortlaut der Verse lassen sich nur Vermutungen aufstellen. Dem Sinn würde genügen: *La grant ire de son pensé Ki le tient cort a engenré Conseil* etc.

125, 17. Der Punkt ist zu streichen.

127, 19. Die Worte sind abzuteilen *Sire, ton fil mis d raison.* Übrigens hat auch die Hdschr. *Sire* in einem Wort.

129, 18. Der Vorschlag der Herausgeber, *de toi* in *le roi* zu verwandeln, ist unnötig, da der Reim *devant toi : de toi* unanfechtbar ist. Ebenso reimt ein Pron. pers. mit sich selbst 126, 29 *d toi : endroit toi* und 240, 2 *encontre moi : de moi.* Ferner macht Gui von der erlaubten Art des identischen Reims ziemlich ausgiebigen Gebrauch, wo ein Wort mit sich selbst in verschiedener Bedeutung reimt, so 54, 5 *fait* (gelassen) : *fait* (gewirkt), 56, 15 *closes : defors closes* (das der Dichter wie ein Compositum auffafst), 60, 7 *pris* (gefangen) : *pris* (genommen), 51, 17 *venir* (kommen) : *d venir* (in Zukunft), 149, 7 *savoir* (wissen) : *savoir* (verständig sein; diese abweichende Bedeutung liegt vor auch ohne Annahme von Mussafias Vermutung *auroie* für *poroie*; sicher ist das Fragezeichen zu tilgen), 158, 21 und 267, 4 *preus* (wacker) : *preus* (Vorteil), 195, 9 *non* (Ruf) : *non* (Name), 206, 13 *part* (Anteil) : *part* (Partei), 230, 28 *se gaita* (nahm sich in Acht) : *gaita* (lauerte auf). Vielleicht ist hierher auch 120, 16 zu rechnen, wo *ses pers* == nfrz. *son pair, nos pers* == *notre semblable* ist. Nicht verboten sind ferner Reime von Formen der Hilfsverba mit sich selbst; so reimt 264, 4 *seras* : *seras* und 77, 16 *avoir* : *avoir*. Mehrere andere Stellen zeigen offenkundige Verderbnis, indem der Schreiber aus Nachlässigkeit das Reimwort des einen Verses in den anderen hinübergenommen hat: 14, 25 *encusent* : *encusent* (heillos verderbt), 72, 4, wo die Herausgeber für das eine *rungièrent* sehr ansprechend *mangièrent* vorschlagen, 76, 33, ebenfalls von den Herausgebern verbessert, 78, 3 (Verbesserung zweifelhaft), 85, 23, wo für das zweite *paour* mit Muss. höchst wahrscheinlich *dolour* zu lesen ist, 156, 30, von den Herausgebern berichtigt, ebenso 259, 3; 209, 31, wo *pensée* vielleicht durch *posnée* zu ersetzen ist, 266, 32 und 271, 22 (Verbesserung unsicher), 277, 28, wo ich für das erste *vestus* schreiben möchte *peüs* (vgl. 266, 25, Guyot de Provins, Bible V. 1647 *Qu'il sont trop netement vestus et bien chaucié et bien peü*) und 282, 7, wo das zweite *joie* wohl aus *voie* verschrieben ist. Es bleiben einige Stellen übrig, die von dem identischen Reim abgesehen unverdächtig erscheinen, wo aber dieser Reim selbst ungewöhnlich ist. Immerhin wird man einzelne Fälle eines solchen Reimes unserem Dichter ebenso gut zutrauen dürfen wie ungenaue Reime, die er sich unzweifelhaft bisweilen gestattet hat. Es ist überliefert: 91, 8 *conté* : *conté* in gleicher Bedeutung („erzählt"), die Änderung *mostré* für das eine Reimwort liegt nahe, vgl. 104, 10; ferner 94, 38 *que te semble* : *com moi semble*; 143, 19 *non* : *non* ohne Bedeutungsunterschied; 177, 13 *ajorne* : *s'ajorne*, für das letztere ist wahrscheinlich *sejorne* zu setzen; 249, 3 *il monda* : *si monda* („wurde rein"), statt *si monda* hat der Dichter vielleicht *s'amenda* geschrieben.

130, 28 *Quant li rois l'ot sa escouté Tel conseil loe* etc. Die offenkundige, schon von Muss. bemerkte Verderbnis läfst sich durch folgende Änderung gutmachen: *Quant li rois chou a escouté* etc. Vgl. den lat. Text *His igitur auditis rex gavisus est nimis.*

131, 19. Das Fragezeichen ist hier zu tilgen. Die Antwort, durch parenthetische Sätze verzögert und in ihrer Beziehung zu der vorausgehenden Frage nicht mehr recht erkennbar, beginnt V. 29. Beachtenswert ist der Gebrauch von *attendre*: *j'attends qch.* = ich habe etwas zu zu erwarten, mich erwartet etwas; vgl. 81, 36 *del torment Ke il d poi de terme atent*, 215, 35 *Car cis k'i le dyable sert Atent molt malvais guerredon*, desgl. 224, 7. 241, 5, Chevalier au lion 3876 *A demain puis cest duel atendre* und V. 5267.

132, 32. Der Punkt ist zu tilgen; ebenso **136, 25.**

133, 2 ff. Der Absatz sollte nicht mit V. 11 sondern mit V. 2 beginnen. Das Subjekt *Cis Asracins,* dem bis V. 10 kein Prädikat folgt, wird nach Zwischensätzen V. 11 aufgenommen. Daher ist auch der Punkt hinter V. 10 in ein Komma oder einen Gedankenstrich zu verwandeln.

133, 35 ff. sind anders abzuteilen. In dem Satz (35) „Er ist sehr thöricht und im Irrtum befangen" (*dechevans*) kann nur *Arascin* Subjekt sein; also ist hinter V. 35 zu interpungieren. Im folgenden Vers steht, wenn er richtig überliefert ist, das Subjekt scharf betont vor der Konjunktion („denn der Königssohn hat den rechten Glauben"). V. 37 gehört zum Folgenden: „Was Arascin auch erstrebt und thut, schlägt dem Josaphat sehr gut aus".

134, 8 *Et cil les cachent ki les prendent.* Für *ki* möchte ich *si* „bis" lesen.

137, 5 s. zu 10, 33.

137, 16 *Et chou que n'a quant rien ne monte Quant enfin vaintre nes poroit.* Die von Muss. als verderbt bezeichnete Stelle ist vielleicht so zu heilen, dafs man statt *que n'a* abteilt: *qu'en a?* Dann bedeuten die Worte: „Und das —, was hat er davon? da es doch keinen Erfolg hat, da er sie bei alledem doch nicht zwingen könnte"·

139, 14 *Illuec tenvi Car tenir dois cest enial, Tu le tenras, et je t'en fail.* Eine sichere Heilung dieser Stelle scheint ausgeschlossen. In *enial* (: *fail*) steckt wohl *enviail* Herausforderung (eig. Spielerausdruck, vgl. Godefroy s. v. *envial* und *enviail*), in *tenvi* vielleicht *t'envi.* Über dieses *envier* (*invitare*) vgl. Scheler zu Baudouin de Condé, S. 426. Der Sinn wäre also: „Dorthin (in das Reich des Teufels) weise ich dich. Denn du mufst und wirst dieser Forderung Folge leisten. während ich dir dabei versage, d. h. einen anderen Weg einschlage".

140, 23 l. *gaaigne.*

140, 26 *Et par nature et par torment Ont la couronne deservie etc.* Das Wort *nature* ist hier sinnlos und augenscheinlich aus *martire* verschrieben. *Martire* ist synonym mit *torment,* vgl. 144, 9. 150, 11. 218, 5.

141, 11. Statt *vient* mufs es wohl *vint* heifsen.

143, 19. Vor den Vers sind Anführungsstriche zu setzen. Vgl. zu 118, 13.

147, 22 *Et li prueve raisnablement K'il aoure molt sagement.* Für das sehr ungeschickte *aoure* setze ich ohne Änderung eines Buchstaben *a ovré*; vgl. 156, 1, wo aber *œvres* statt *ovres* geschrieben werden mufs.

148, 22 l. *serf.*

150, 33—35 ist mir nur als Frage verständlich. Der Sinn ist: „Da ich dir versichere, dafs du, wenn du ihm irgendwie dafür dankest, Gnade bei Gott finden würdest, — kannst du dich da nicht entschliefsen, ihn zu suchen?"

151, 17 f. *C'ai jou forfait, c'ai jou cachié C'est emeü par mon pechié?* Der Satz ist nicht als Frage zu fassen; der Vater macht sich Selbstvorwürfe wegen seiner übermäfsigen Liebe und Nachsicht gegen seinen Sohn. So heifst es auch im lat. Text: *Et quis mihi horum autor est malorum, nisi ego ipse, qui sic te disposui, etc.* Das *C'* vor *ai* und *est* ist also als *ce,* nicht als *que* zu verstehen (s. Tobler, Versbau S. 46). Ferner halte ich es für ziemlich sicher, dafs *emeü* aus *escheü* verderbt ist.

152, 27 ist zu interpungieren: *Et se* (== *si*) *non svi, jou ai tel pere etc.*: „Und doch bin ich es nicht (d. h. nicht *en pere decheüs*), ich habe ja einen Vater . . ."

152, 31 *Car cil pere est sires del mont, Del mont por chou que te cria.* Für das sinnlose *te* ist entweder *le* oder *tout* zu setzen.

153, 7. Statt *Ki* ist wohl *Ke* zu schreiben.

153, 16. *Doi* steht für *doie.*

153, 36 ff. *Car deviens ore et fils et pere; Fils Damediu deviens premiers Apries seras molt droituriers. Mes peres et jou tes fils serai etc.* Der Gedankengang ist folgender: „Werde jetzt (indem du dich zum Christentum bekehrst) Sohn und Vater. Zuerst werde Sohn des Herrgottes, dann wirst du ein rechter Vater sein u. s. w." Sicher scheint danach, dafs hinter *droituriers* (V. 38) nicht zu interpungieren, sondern dieses Wort unter Streichung von *Mes* mit *peres* zu verbinden ist. Hinter *premiers* (V. 37) ist ein Komma oder Semikolon zu setzen. — Bemerkenswert ist die unorganische Endung *s* des Imperativs *deviens*. Unter den Hunderten von 2. Pers. Sing. Imper. der 2. und 3. Konjugation habe ich in unserem Gedicht nur noch drei Beispiele der Endung *s* gefunden: 19, 33 *respons* und 104, 34 *vois* (19, 38 kann *vois* auch Indik. sein) im Innern des Verses, wozu vielleicht noch 117, 32 *repons* kommt, im Reime nur 255, 34 *prens*: *gens* (s. zu d. St.). Sonst gebraucht der Dichter im Reim nur die regelrechte Form ohne *s*, so: *entent* 61, 9. 80, 8. 113, 6. 144, 11. 152, 9 u. ö., *croi* 12, 1. 63, 22. 66, 17, *met* 153, 13, *prent* 63, 23. **156, 1** s. zu 147, 22.

159, 5 *Se jou de mon cuer n'esgardaisse.* Es ist wahrscheinlich *nel* (*le* = *ton commant*) zu schreiben.

160, 1 *Diex! qu'iert de toi dont à cel jor? Ne cuit que nus là te secort.* Die Möglichkeit, dafs der Dichter den ungenauen Reim *jor : secort* zugelassen hat, ist nicht zu leugnen. Immerhin ist es mir kaum denkbar, dafs er hier nicht auf den viel näher liegenden Reim *cort : secort* verfallen sein sollte, den er z. B. 174, 12 anwendet. Vielleicht also hat er geschrieben: *Diex! qu'iert de toi à cele cort*; vgl. 121, 29 *T'ame ... En la court Diu seroit salvée.*

160, 37. Die Hdschr. hat *En prison lai lautrier lepris.* Dies ist durchaus beizubehalten und folgendermafsen abzuteilen: *En prison l'ai, l'autrier le pris, Cel Balchan etc.*

164, 24 *Gramariien, phyllosofien.* Der Vers zählt eine Silbe zu viel, da in beiden Worten die Endung *ien* zweisilbig ist; vgl. 161, 11 und 167, 12. Vermutlich ist *gramariien* ein Versehen des Abschreibers für *gramaire et.* Diese Form des Wortes steht 167, 12. 175, 1 neben *gramariien* 161, 11.

166, 14 *J'en prenderai lues le venjanche De ma venjanche et de mon honte.* Das zweite *venjanche* ist offenbar durch Flüchtigkeit des Schreibers eingedrungen an Stelle eines Synonymons zu *honte*; im lat. Text heifst es: *Si vero ... confusionis mihi hodie auctor exstiteris, statim meam contumeliam vindicabo in te.* Dem Sinn würde *laidange* genügen.

166, 37 *Quel fin, quel œvre doive prendre.* Die Worte sind so abzuteilen: *Quel fin que l'œvre doive prendre.*

167, 22 *Chascuns doit esprouver son sens Por esprouver de la bataille Li quel feront premerains faille.* Auch hier scheint die Nachlässigkeit des Schreibers an dem doppppelten, an der ersten Stelle unpassenden *esprouver* die Schuld zu tragen. Gut würde *esmorre* „schärfen" in den Zusammenhang passen; vgl. V. 14 und 182, 7 *le langhe esmorre.*

169, 10. Der Punkt ist zu tilgen.

169, 25 ff. *Li cresstiien et li gyu Icil aimment Jhesu le piu, Li giuf servent par errour.* Die Worte sind so zu verstehen, dafs mit V. 25 gleichsam das Thema angegeben und das vorangestellte gemeinsame Subjekt *Li cresstiien et li gyu* nachher mit *icil* und *li giuf* in seine beiden Bestandteile zerlegt wird.

169, 29 *Mais il marissent en lor loy.* Die Ansicht der Herausgeber, dafs statt *marissent matissent* oder 153, 31 umgekehrt statt *matissent marissent* zu setzen sei, vermag ich nicht zu teilen; *il marissent* heifst sie irren sich, *il matissent* sie welken, jedes der beiden Verba ist da, wo es überliefert ist, durchaus am Platze.

170, 4 *Car il nen sentent ne ne vivent*; l. *ne* für *nen*. Dafs vor konsonantischem Anlaut *nen* = *ne* stehen sollte, ist nicht glaublich. Auch 12, 34 möchte ich *ne* schreiben, wo der

Schreiber wohl *nen* = *n'en* verstanden und *en* irrtümlich auf das Vorangehende bezogen hat. Vor vokalischem Anlaut ist in unserem Gedicht *nen* für *ne* (zur Vermeidung des Hiatus) nicht selten, wenngleich man auch an einigen dieser Stellen *n'en* zu lesen versucht ist, so 12, 12 *jou nen iere ja parjures*, 91, 19 *Dont nen ot onques mes pere Parler de ces commandemens?* 118, 17 *Mais puis nen a on gaires cure Del rosier quant la rose faut.* Hingegen ist *nen* zweifellos 36, 12. 112, 19. 150, 20. 177, 23. 183, 18. 231, 36. Unsicher ist 220, 25, wo in dem Vers, wie er in der Hdschr. überliefert ist *Se nen est contre nature*, eine Silbe fehlt.

171, 1 l. *sages*.

171, 27 l. *s'i comportent*.

172, 19. Statt des verderbten *fevent* schlägt Muss. *ferent* (*fierent*) vor. Dem lat. Text (*defossam*) würde genauer *foent* (*fouent*) entsprechen.

174, 33 *Ki le corront et il destraint, Jou ne sai rien ki diu estraint.* Il vor *destraint* ist unverständlich und wohl verschrieben aus *le*. Die Worte sind so aufzufassen, dafs man zwischen Vorder- und Nachsatz einen Gedanken ergänzt: „Wenn man es (das Feuer) verdirbt und zerdrückt, [so ist es kein Gott, denn] ich kenne nichts, was einen Gott erstickt".

176, 19 *De quank'il ot a grant desdaing Nis Aristoble et ses compaing* verstehe ich so: „Gegen alles, was er hört, hat er grofse Verachtung, er, ein Neffe des A. und sein Gefährte". *Compaing* als Nom. ohne flexivisches *s* steht im Reim noch 101, 31 und 232, 12 (s. zu d. St.). Sonst sind Fälle, wo das flexivische *s* dem Reim zu Liebe unterdrückt ist, in unserem Gedichte selten: 73, 11 *glout* (Hdschr. *glous*) : *englout*, 103, 7 *privé* (: *esté*). Dafs Eigennamen im Nom. ohne *s* bleiben, ist nicht unregelmäfsig: *Avenir* im Reim 10, 37. 248, 14. 281, 27, *Nacor* 167, 7. Die nicht allzu häufigen Fälle, wo im Inneren des Verses das flexivische *s* fehlt, können als Nachlässigkeiten des Schreibers unerwähnt bleiben. Zwei Stellen, wo im Reim Substantiva fem. gen. (der lat. 3. Dekl.) ohne Nominativzeichen stehen (58, 19. 193, 17), sind oben zu 56, 3 erwähnt worden; über eine dritte, 207, 1, s. unten zu d. St. Dazu kommt 172, 14 *la gent* : *certainnement* [1]).

175, 13 s. zu 129, 18.

177, 25 *Vostre merchit, Por estre mis en decevanche.* Für das mir unverständliche *Por estre* [2]) möchte ich etwa *Vos estes* schreiben: „Mit Vergunst, Ihr seid im Irrtum". Dann ist hinter V. 25 zu interpungieren.

181, 6 *Ne puet sans boire et sans mangier.* Mit den Herausgebern eine Lücke anzunehmen ist unnötig; *pouvoir* kann soviel bedeuten wie *pouvoir estre*, vgl. Baudouin de Condé 161, 242 *Car il ne puet sans iaus une eure* und Scheler zu dieser Stelle.

181, 8. *Correüs* ist verschrieben für *correceus* (Godefroy führt unsere Stelle mit der Form *correçus* an). Das Wort ist die Übersetzung des lat. *iracundus*.

183, 6 s. zu 22, 16.

183, 18 ff. *Dont nen est nient Jupiter sire! Et dex est rois et postés Et del ciel et de paradys.* Das Ausrufungszeichen gehört hinter *paradys*, für *est* (vor *rois*) ist *et* zu setzen. Vergleicht man die entsprechenden lat. Worte *quem ferunt regem esse aliorum deorum*, so ist man

---

[1]) Bei Jacques de Cambrai No. 364 (Archiv 43) reimt *passion* (Nom.) : -*on*.

[2]) Allenfalls könnten die Worte bedeuten: „Schönen Dank, dafs Ihr euch in Irrtum verstrickt habt!"

geneigt zu schreiben *sire Des diex et rois etc.* Zum Gebrauch von *postets* mit abhängigem Genitiv vgl. 153, 1 *Et postets de molt grant terre.*

185, 34 *Une autre fois en soterel Se mua* (Jupiter) *por Antiopé.* In *soterel* wollen die Herausgeber eine Vogelart erkennen, während doch der lat. Text der Mythologie folgend unzweideutig besagt *Transformatum in Satyrum propter Antiopam.* Der Dichter hat also nicht *soterel,* sondern *satirel* geschrieben.

186, 10. Statt *desherites* l. mit der Hdschr. *des herites;* vgl. 187, 14.

186, 26 l. *desnaturel* (unnatürlich); ein Adjektiv desselben Sinnes *tresnaturel* kann ich nicht nachweisen.

186, 32 *Cis malisces.* Das durch den Reim gesicherte *venue* des nächsten Verses nötigt *Ceste malisce* zu schreiben; *mali(s)ce* ist altfr. Masc. oder Fem. Vgl. Scheler zu Baudouin de Condé S. 428, Förster zu Richart le Biau V. 4399.

187, 11 l. *dit.*

188, 8 *molt se deshaite De la prouecke que cil traite D'un fevre velt que il dex soit.* Da die Annahme eines ἀπὸ κοινοῦ — derart, dafs *d'un fevre* zugleich zum Vorangehenden nnd zum Folgenden zu ziehen wäre — im sonstigen Sprachgebrauch des Dichters keinen Beleg findet, ist hinter *cil traite* ein Komma oder Kolon zu setzen.

188, 26. Statt *An* l. *Al.*

190, 18 „*Et occis fu ens en la fin".* *Que feront cil ki boivent vin.* — *Que feront cil* bedeutet: „So wird es denen gehen". Der relativische Anschlufs ist hier, wo die Rede des Nachor abgebrochen wird und der Dichter selbst wieder das Wort ergreift, sehr unwahrscheinlich. Vermutlich hat der Satz nicht mit *Que feront,* sondern mit *Ce feront* begonnen.

190, 35 *Molt fu crueus* (Hercules), *Bessons l'ocist.* Dafs *Bessons* hier unsinnig ist, kann keinem Zweifel unterliegen. Man wäre versucht, in *Bessons* eine Entstellung von *Nessus* zu sehen, wenn nicht die Worte *Molt fu crueus* eine Ergänzung erforderten, die nur in dem Rest des Verses stecken kann. Zudem hat der lat. Text: *Herculem vero inducunt ebriosum* (vgl. *lechiere* V. 33) *et insanum (fols* V. 38), *et suos* (v. l. *suosque filios) occidisse* und . . . *interfector filiorum.* Danach ist es mir ziemlich sicher, dafs der Dichter geschrieben hat *Molt fu crueus, les sons ocist.* Die ältere betonte Form *son (suen)* für jüngeres *sien* findet sich im Reim mit *bon (buen)* z. B. Chevalier au lion 519 (vgl. 728), Erec 5319, Raoul de Houdenc, Rom. des eles 394 und 441, Songe d'Enfer 43 (Trouv. belges II 178), Songe de Paradis 1361. In unserem Gedicht reimt *le ton* : *bon* 231, 25. 274, 6 (hingegen *siens* : *riens* 10, 14).

191, 8 *Et de tel diu ne sai jou rien Ki vent et fait de son enghien.* Statt *vent et fait* l. *vente fait:* „Von einem solchen Gott weifs ich nichts, der mit seiner Schlauheit Handel treibt". Vgl. 188, 15 f.

191, 15 ff. sind so zu interpungieren: *Rois, chi pues tu molt bien oïr S'on tel dyuesse doit servir. Cil diu font bien à oublier; Ne cil n'i set raison moustrer Ki diu velt faire de tel gent, molt a malvais entendement.*

192, 19. Statt *anquetes* (wie die Hdschr. thatsächlich hat) l. *auquetes* „einigermafsen"; vgl. *auques* in gleicher Bedeutung 225, 38 und als Adverbium der Quantität mit folgendem Subst. 105, 23. 247, 25.

195, 19 *Largrius,* offenbar derselbe Held, der 196, 13 *Logrius* heifst. In Waces Brut. I 63 und bei Geoffroy de Monmouth ist Locrinus oder Logres der älteste Sohn des Brutus. Von *Corineus* berichtet Wace, dafs er sich in Spanien dem Zuge des Brutus angeschlossen habe. Den Führer der in Griechenland von Brutus befreiten Trojaner nennt Wace Assaracus.

196, 26 l. *Troie.*

197, 7 *Adonides, cil s'est leciere.* Das *se* vor *est* kann nicht richtig sein. Da eben Venus erwähnt ist, läge die Verbesserung *Adonides est ses leciere* sehr nahe (vgl. 189, 35). Dagegen spricht aber, dafs in der lat. Vorlage Adonis ein von den Griechen als Gott verehrtes Wesen genannt wird: *Adonidem quoque inducunt deum esse.* So ist denn an unserer Stelle mit *Adonides, cil etc.* ganz passend *Adonides* als Stichwort herausgehoben. Für *s'est* ist *est* oder *rest* zu schreiben.

198, 14 *Se on ne velt vers ious mesfaire.* *Ious* scheint sich aus dem vorigen Vers eingeschlichen zu haben. Der Dichter hat wohl *vers diu* geschrieben.

199, 15 l. *l'encachoil.*

200, 7. Dahinter ist ein Kolon zu setzen.

201, 18 f. teile ich so ab: *Chi a, fait il, bonne matere De dex avoir! Chiaus doit on croire!*

202, 24 l. *talent.*

202, 38 *Ne croient pas le creatour Ne ne connoissent à signour.* Die an sich sehr leichte Änderung *Ne nel,* welche die Herausgeber vornehmen, ist unnötig; bei einem zweiten Verbum kann in der älteren Sprache das vom ersten Verbum abhängige, wenngleich nachgestellte, Objekt ohne weiteres ergänzt werden, vgl. 50, 3 *De nient fist homme et forma,* 201, 27 *Il font lor diu d'une brebis, Si font d'un buef u d'un veel,* 279, 11 *De bon cuer aimme Diu et sert,* 288, 14 *En chou despent son tans et use.*

203, 18 *N'entendirent pas son casti N'en Moyses n'en Sinai. Escrit lor loy etc.* Der Fehler scheint in *N'en* vor *Moyses* zu stecken, das wohl aus dem Anfang des vorigen Verses irrtümlich herübergenommen ist. Ich setze hinter *casti* einen Punkt und schreibe: *Et Moyses en Sinai Escrit lor loy etc.*

207, 1 *Molt fu grans la desputison, Bien i entendirent raison* vgl. zu 176, 19. Der Sinn erfordert eher *raisons* (Reden) als *raison.* Dann ist auch V. 1 die regelrechte Form *la desputisons* einzusetzen.

208, 2. *Ore* ist lat. *errat;* l. *oir(r)e* wie 262, 19.

209, 15 ff. sind so abzuteilen: *Mais ta veüe est molt torblée. Se par ten sens ert assensée Ta veüe ki mais ne voit, Dont revenroit droiture d droit:* „Aber dein Blick ist sehr getrübt. Wenn durch deinen Verstand dein Blick, der nimmer sieht, auf den rechten Weg gebracht (d. h. aufgeklärt) würde, so würde, was recht ist, wieder zur Geltung kommen".

209, 31 s. zu 129, 18.

210, 17 f. Wie schon Muss. in V. 19 die 2. Person hergestellt hat (er liest *Le bien ses, nel vels hebregier*), mufs auch V. 17 f. geschrieben werden *Tuevre ki de ton mal t'acuses, Et verité comment refuses!* Das Relativum bezieht sich dann auf den in *ta* liegenden Personalbegriff („der du"); vgl. V. 28 *ton dit Ki ... as contredit.*

211, 3. Dahinter ist etwa ausgefallen *Ton cor, ton cuer et ta pensée* (nach 103, 13).

211, 8. Statt *est* l. *iert;* vgl. V. 15.

212, 4 ff. Die Stelle ist, glaube ich, folgendermafsen in Ordnung zu bringen: *Mais or entent le guerredon: Se tu ton sens et ta raison Vels hui metre à toi consillier, dont te porai* etc. **213, 8** f. l. *prouvé : demoustré.* Im lat. Text heifst es: *ex multis scripturis hoc audivi.* **214, 30** l. *prestre.*

217, 8 *Conseil ont pris k'il porent faire.* Für *porent* ist eher *porent* als mit den Herausgebern *purent* zu schreiben; vgl. 289, 12.

217, 17 s. zu 22, 16.

217, 18 l. *Li rois.*

217, 25 *Par dis et par parole vraie* (: *afaire*); l. *vaire.* Übrigens wird dieser Vers besser mit dem folgenden als mit dem vorhergehenden verbunden.

218, 21 l. *dit.*

220, 7 f. Die Interpunktion ist so abzuändern: *Si en devien ses preschiere, Si tans et l'eure en est venue. Se ceste chose* etc.

220, 28 *Et femme, puis qu'ele est esprise, ne puet douter nule justiche.* Ein solcher Ausfall gegen die zügellose Sinnlichkeit der Frauen hat an dieser Stelle gar keinen Sinn. Vielmehr soll die Schwäche des menschlichen Fleisches überhaupt oder die des Mannes (der Frau gegenüber) geschildert werden. Nur so ist die Nutzanwendung 221, 2 auf Josaphat verständlich; vgl. auch 221, 14—16. Liegt keine schwerere Verderbnis vor, so ist zu schreiben *De femme puis qu'ele est esprise* oder *Chars d'omme puis qu'ele est esprise.*

222, 14 s. zu 12, 22.

222, 23 ff. sind folgendermafsen abzuteilen und zu verbessern: *Quant li .X. an* (so die Hdschr.) *furent passé, Fors de la fosse fu jetés, Signor, chou fu la verités, Quant nule rien n'avoit veüe Ki par ses iex fust conneüe. Et ses peres fait commander* etc. Diese Verbindung der Sätze entspricht genau dem lat. Vorbild: *Finitis autem decem annis de antro puer educitur, nullam mundicialium rerum per visum habens notitiam* (v. l. *qui nihil perspexerat*). *Tunc iubet rex.*

222, 32 f. l. *pieres : manieres.*

222, 37 ist durch einen Punkt abzuschliefsen, desgleichen

223, 13 durch ein Komma.

223, 31 ff. sind so abzuteilen: *Legiere chose est d ataindre Hom ki od femme est nuit el jor. N'a el monde si forte amor* etc.

223, 37 l. *Del haster.*

224, 12 ist sicher verderbt. Was *envoiseler* heifst, kann ich nicht angeben (Godefroy kennt das Wort nur aus dieser Stelle). Vielleicht ist *envoiseler* entstellt aus *enoiseler* abrichten (wie einen Vogel) und die ganze Stelle von V. 9 an so zu lesen: *Et del dyable ki bien semne Le mal, car bien le set semer, Quant il volt femme enoiseler, Dont l'enoisele de luxure. Malisse* etc.

224, 18 l. *tirée : tornée.*

224, 29 f. sind unverständlich. Vielleicht sind hinter V. 29 einige Verse ausgefallen. Aus den überlieferten Worten ist nur mit gewaltsamer Änderung ein verständiger Sinn zu erzielen; etwa: *Si ne diroie, jou cuic ja, Que toute femme mesfesist.*

226, 3 ff. möchte ich so abteilen: *Li varles est en grant torment. Ki se combat contre nature Molt i convient sens et mesure.*

226, 37 l. s. zu 63, 3.

227, 7. Statt *valor pener et querre* vermute ich *valor et pris conquerre* (nach V. 5).

228, 18 l. mit der Hdschr. *claimme*.

229, 6 l. *le fil*.

229, 14 f. l. *Hardiement l'a envai, Car femme a molt le cuer hardi: Lues qu'ele* etc.

231, 18 f. Der Satz ist keine Frage, sondern eine Weiterführung des Bedingungssatzes V. 6 *Se une riens me creantes.*

231, 23 ff. Interpungiere: *Mais que de chou me voel garder, Que* (da es; oder *Qui?*) *nul jor ne me seroit bon; Que* (denn) *jou mon cors avec le ton En nule fin ne mesleroie, Se jou Diu perdre ne voloie. Se jou por toi aloie à perte etc.* (V. 28 ist nach Muss. hergestellt).

232, 12 *Cele compaigne et cis compaing.* Die von den Herausgebern vorgeschlagene Einschiebung von *est* hinter *Cele* ist unnötig. Die Worte gehören zum Folgenden und werden V. 14 durch *si tres haute compaignie,* aufgenommen. Über den Gebrauch von *compaing* als Nom. s. zu 176, 19.

232, 36 ff. interpungiere und verstehe ich so: *Mais molt se fait bon consirer* (,,sehr gut thut es Enthaltsamkeit zu üben") *Ki* (,,für einen, der") *velt sa caasté garder; Riens ne me nuist* (,,das schadet mir nichts") *etc.*

233, 25 ff. Auch hier ist durch Änderung der Interpunktion zu helfen: *Et si seras mes salvemens S'à moi salver te plaist entendre. Et bien i dois grant garde prendre.*

234, 34 l. *jours.*

234, 38. Es ist ohne Kommata zu schreiben *Tu as vallés bien affaitiés.* Das Mädchen spielt auf das 186, 19 ff. gegeißelte Laster an.

236, 23 *adesus = à desus.*

236, 34. In dem unverständlichen *deswagie* steckt vielleicht *deswagie = desgagiée* ,,mit Beschlag belegt". Das Wort wäre ein passendes Synonymon zu *endetée* V. 33.

238, 16. Der schon von Muss. als verderbt bezeichnete Vers scheint mir etwa so herzustellen zu sein: *N'a aise* (oder *n'iert aisiés*), *s'il ne l'entreprent* ,,giebt sich nicht zufrieden, wenn er ihn nicht in Not bringt". Dann erhält *li dyables* V. 14 sein Prädikat, und es ist unnötig mit Tobler (Beiträge I 205) hier die Form der Aussage anzunehmen, die aus Nomen und Relativsatz besteht. Hingegen liegt diese Form vielleicht vor 29, 32 *Sor son cors a mis molt fort lime Car sa penseé ki li lime Le cuer etc.* Muss. vermutet *Car s'a pensée etc.* (mir ist wahrscheinlicher *C'est sa pensée* oder *Par sa p.*), ferner 236, 12 *Et jou ki n'en ai nul talent* (Muss. will statt *ki* lesen *chi,* was aber nicht recht pafst). — Was V. 14 anbetrifft, so halte ich eine Änderung nicht für nötig. Allerdings ist *diable* in unserem Gedicht meistens dreisilbig gebraucht, doch zähle ich auch (abgesehen von 47, 18, wo man *se il = sil* lesen kann) sieben Stellen, an denen es nur zwei Silben ausmacht: 85, 24. 110, 31. 209, 37. 223, 21. 224, 15 und 16. 251, 25. Warum die Herausgeber von diesen Stellen gerade 85, 24 *Li dyables fait molt entreprendre* geändert haben, ist schwer zu sagen; *entreprendre* ist hier recht am Platze, es heifst, wie häufig, etwas Schwieriges, Gewagtes unternehmen, sich einer Sache unterfangen; vgl. 9, 31 *C'est molt grans chose à entreprendre,* 133, 21 *le forfait Ke Baleham ot entrepris* (vgl. V. 25 *grans entrepresure*). Daneben kommen freilich Stellen vor, wo *entreprendre* fast gleichbedeutend ist mit *emprendre,* z. B. 17, 33 *Li biens est bons à entreprendre.*

240, 19 *Se vous plus longhes me retient.* Für *vous* ist *nus* oder *on* zu lesen.

240, 31 l. *Car t'art cuidoie toute voire,* vgl. V. 28 und 242, 35.

241, 12 s. zu 102, 18.

241, 30 *De toi, ki de sa terre ies rois* (: *voirs*). Für *rois* l. *oirs (heres)*; vgl. 79, 21. 164, 38 und besonders 47, 8.

242, 5 l. *vescus.*

242, 8 *Que del lignage ies as gayans Ki la tour fesist de Babel.* Der Konjunktiv *fesist* ist unverständlich; l. *fisent.*

243, 9 gehört zum Vorhergehenden; also ist das Semikolon hinter V. 8 zu streichen.

243, 12 f. l. *Dont est li dex de l'homme menre Puis que li hom le diu engenre.*

244, 10. Hinter diesen Vers ist ein Doppelpunkt zu setzen; *jou mosterrai* ist absolut gebraucht: „Ich werde mich durch ein Gleichnis verständlich machen".

249, 3 s. zu 129, 18.

254, 7 l. *Il l'i eslist* „er erwählte ihn dazu".

255, 34 *Et tu ki dignes ies les prens Et dignement retien les gens.* Über die Imperativform *prens* ist zu 153, 36 gehandelt worden. Die Änderung *prent : le gent* wäre sehr leicht, ist aber doch nicht nötig. Hingegen ist *les* vor *prens* kaum haltbar; l. *le.*

256, 1 s. zu 22, 16.

256, 30. In meiner Abhandlung zu Adenets Cleomades (Festschrift zu der zweiten Säcularfeier des Friedr.-Werd. Gymn.) habe ich S. 260 (Sonderabdruck S. 12) eine Stelle (V. 5335) besprochen, die so lautet: *Quant* [on] *leur ot dit le pourquoi Chascuns ert en si grant esmoi, Lors commenciereat d crier.* In der dort ausgesprochenen Ansicht, dafs der Artikel als Träger des folgenden, mit *pourquoi* eingeleiteten Satzes nicht ausreicht, bin ich inzwischen wankend geworden, nachdem ich bei Montaiglon, Recueil III S. 205 (Du vilain au buffet) folgende Verse gefunden habe: *Mais li quens a dit que le conte Voura oïr et le porqoi Il l'a feru; lors furent quoi.* Dafs die Hdschr. B diese auffallende Satzfügung vermeidet (sie hat . . . *Voura savoir et le por quoi, Faire les fait, si furent coi*), ändert nichts an der Thatsache, dafs jene Konstruktion im Altfranzösischen möglich war. Demnach ist es auch sehr wohl denkbar, dafs Gui von Cambrai geschrieben hat *Escrit i a . . . le porquoi De Barrachie fachent roi* „den Grund, warum sie B. zum König machen sollen". Jedoch mufste es dem Josaphat näher liegen, seinen Baronen zu schreiben, dafs sie den B. zum König machen sollten, als warum. Darauf weist auch V. 32 *Che mande bien etc.* und V. 37. Vgl. auch den lat. Text: *Deinde non alium quam Barachiam praecepit in regalem principatum eis assumere.* Deswegen glaube ich die Verse 28 ff. so abteilen zu müssen: *Escrit i a con faitement Il velt guerpir son tenement Et le roialme et le porquoi. De Barrachie fachent roi etc.*

258, 29 *Et sans orguel et sans conseil. Conseil* kann unmöglich als eine Eigenschaft hingestellt werden, die ein König vermeiden mufs. Allenfalls kann man *en conseil* schreiben, doch ist eher *conseil* verdorben; was dafür ursprünglich gestanden haben mag, weifs ich nicht anzugeben.

259, 7. 260, 10. 260, 15 s. zu 22, 16.

264, 33. Mit diesem Vers schliefst die Rede der Seele.

265, 38 ff. sind so zu interpungieren: *Deciet et muert, perist et fine Sans certainnité de termine; As tu nul terme de ta vie?*

266, 3 *Quant tu teras de moi partie* (: *vie*). Da mit *tu* der Körper gemeint ist, liegt in dem Fem. *partie* eine sehr auffallende grammatische Ungenauigkeit vor. Kommt diese wirklich auf Rechnung des Dichters? Er konnte so leicht schreiben *Quant jou serai de toi partie*, vgl. 269, 19 und 285, 28, wo beidemal die Seele Subjekt von *partir* ist.

267, 32 ff. sind so abzuteilen: *Me mec à peine et à dolour. Se jou de moi te faich signour Tu me querras honte et vergoigne.*

268, 15 l. *Por chou has tu mon dur corage.*

268, 27. Statt *evre* ist mit der Hdschr. *ewe* (*eve*) zu schreiben.

268, 32 f. l. „*Merchi de coi?*" — „*Je suis tous vains*". — „*Se tu ieres etc.*"

269, 5 *Car encrassiés ies, sans pechié Ne poroit pas el siecle vivre.* Der Sinn ist gestört durch *ies*, das nur auf einer Doppelschreibung der letzten Buchstaben von *encrassiés* zu beruhen scheint. Die dann fehlende Silbe ist etwa so zu ergänzen: *Car cors encrassiés sans pechié Ne poroit pas el siecle vivre.*

269, 10. Es ist wahrscheinlich zu bessern *Soffrir t'estuet.*

269, 15 l. *par pitié.*

269, 33 l. *por toi et por ton vel.*

270, 25 ff. Von hier an ist im Zwiegespräch des Körpers und der Seele der Zusammenhang bisweilen schwer verständlich. An einigen Stellen haben die Herausgeber die Worte unter die Redenden unrichtig verteilt. Meiner Meinung nach gehören V. 30 — 37 sämtlich der Seele. V. 33 ist mit dem Vorangehenden zu verbinden, V. 34 f. bilden eine pathetische Frage. Die Verse 38—271, 4 sind dann Worte des Körpers: in 270, 38—271, 2 giebt er die Richtigkeit der letzten Behauptung der Seele zu, macht aber mit 271, 3 f. einen neuen Einwand: „Wenn ich nun aber mich vergehe und zwar aus einem vernünftigen Grunde u. s. w.?" Deutlicher wäre V. 3 *Et se jou mesfach par raison* wie 273, 5.

271, 32. Hier beginnt wieder der Körper. Die Seele hat gesagt, dafs mit der Sünde die Vernunft nichts zu thun hat, der Sünder aber wieder zur Vernunft kommen kann. Darauf entgegnet der Körper: „Ich bin ein Sünder, das will ich zugestehen. Also ist die Sünde von mir unzertrennlich. Wie kann man nun mir, dem Sünder, Vernunft zuerkennen, wenn man die Vernunft mit der Sünde für unvereinbar hält?" Die Beziehung von *le* V. 37 auf das ziemlich weit entfernte *pechié* wird dadurch erleichtert, dafs dieser Begriff als der wichtigste immer noch vorschwebt; vgl. 275, 19, wo *le* sich auf *siecle* bezieht.

272, 30 ff. sind so zwischen Cors und Ame zu verteilen: C. „*Dampner! non fach*". — A. „*Si entresaii*". — C. „*Est on dampné s'on a mesfait?*" — A. „*Dampné? oil certainement, S'on del mesfait ne se repent*". — C. „*Est chou mesfais etc.?*"

273, 12 l. *boivre.*

274, 30. Die Rede wird weit fliefsender, wenn man „*Merchi*" als Zwischenfrage des Cors herausnimmt. Hinter dem Worte *Merchi* steht in der Hdschr. ein Punkt, wie er bisweilen sich findet, um einen Ausruf oder eine Frage anzudeuten, so 276, 16 hinter *pitié*, 30 hinter *Hyretages*, 277, 12 hinter *Souspris* u. s. w. In anderen Abschnitten wieder, z. B. S. 195 ff. scheint ein Punkt die Eigennamen als solche zu bezeichnen, während an manchen Stellen ein Punkt ohne jeden Zweck steht.

275, 9 l. *puet.*

275, 26. Überliefert ist *Ensi puet metre par mesure*, was sich einfach und sinngemäfs so lesen läfst: *En* (= *On*) *s'i puet metre par mesure.*

275, 35. In die Wechselrede ist wieder Verwirrung gekommen. Sie ist dadurch zu beseitigen, dafs man 33 und 34 dem Körper zuweist, auf welchen die der Bibel entnommene Drohung Eindruck gemacht hat.

276, 21. Der Punkt ist zu tilgen.

277, 17 s. zu 22, 16.

277, 28 s. zu 129, 18.

278, 1 l. *Non fesist voir* d. h. *ta vie ne durast plus longhement.*

279, 15 *Molt a le cuer noirchi et taint*; l. *cuir.*

279, 36. Das reflexive *Il se regarde*, an welchem Muss. Anstofs nimmt, ist ganz unbedenklich; vgl. 70, 26 *Et li vilains . . . si se regarde* „sieht sich um". S. auch Scheler zu Jean de Condé I 453.

281, 6 *Et . . . ses vermaus et sa blankours Est tout perdu et enpaili Et en sa fache tout noirchi.* Die unveränderten Participia *perdu, enpaili, noirchi* könnten nur stehen, wenn das Subjekt ein Neutrum wäre. Man könnte es in *tout* sehen, müfste dann aber umstellen *Tout est perdu.* Dieses *tout* fafste dann die vorausgehenden Subjekte verschiedenen Geschlechts wirksam zusammen. Oder es ist zu schreiben . . . *sa blankours Est toute perdue et pailie Et sa fache toute noirchie.*

282, 7 s. zu 129, 18.

282, 29. *Rasali*, woran Muss. Anstofs nimmt, ist = *rassaillü* „er griff ihn wieder an" im freundliche Sinn = *il le reprit*, durch das folgende *Si le racole* deutlich gemacht.

283, 9 l. *rendoit.*

283, 16. Verwandle den Punkt in ein Komma.

284, 11 s. zu 22, 16.

284, 34. Wahrscheinlich hat der Dichter *ert departie* geschrieben.

285, 34 s. zu 93, 30.

286, 30. Setze dahinter ein Komma, hinter

287, 13 einen Punkt. V. 12 l. *endroit.*

287, 26 l. *coi et mu.* Hinter V. 27 gehört ein Komma.

288, 20 *He! Dex, de coi se repenti Et son cors livre d tel escil?* Suchier zu Aucassin 6, 31 führt diesen Reim als Beleg an für die Form *esci*, die allerdings aus anderen Denkmälern nachgewiesen ist. Er hätte noch 59, 27 den Reim *signori : escil* hinzufügen können. Dagegen reimt *escil* sehr häufig — mindestens 12 mal — mit *il, fil, peril, vil.* Auch ist zu bedenken, dafs an unserer Stelle nach und vor einer Menge von Präsensformen das Perfectum wenig am Platz ist. So ist wahrscheinlich *repent il : escil* einzusetzen. Was 59, 27 betrifft, so ist nicht aufser Acht zu lassen, dafs *signori* eine Nebenform *signoril* hat; vgl. Burguy s. v. und Godefroy, der aus Garin le Loherain, 3e chans. XII 266 den Reim *signori(l) : gentil*, aus Philippe Mousket, Chronique *signoril : il* anführt. Vgl. auch Andresen, Über den Einflufs von Metrum u. s. w. S. 15.

289, 12 *Quant ont pensé que poront faire.* Ich kann den Satz nur als Frage verstehen: „Wenn sie nachgedacht haben — was werden sie ausrichten können?" nämlich um sich vor Gott zu rechtfertigen. Doch ist *quant ont pensé* schwerlich richtig; vielleicht ist es entstellt aus *tant ont pechié.*

289, 16 *Fois, Dex! c'est voirs, il est perie.* Statt *il* mufs es *i* oder *ele* heifsen.

289, 23 *Chascuns ki a riens en baillie Est mais symons et symonie.* Eine Änderung, wie Muss. will, vorzunehmen ist nicht nötig: *symonie* ist Verbalform „treibt Simonie"; *mais* heifst „nunmehr", „jetzt", wie 291, 34 *Sainte eglise est mais marceande*, 295, 28. 296, 20 ff.

289, 38 f. Der Reim *homme : mençoigne* ist nicht erträglich. Der Dichter hat gewifs geschrieben *Ne trouroit on jamais un moigne.* Die Form *moigne* steht 20, 16. 30. 35. 248, 6, im Reim z. B. Rom. de la Violette 296 (: *tesmoigne*); *mençoigne* ist mit *essoigne* gepaart 122, 6 (mit *alonge* 132, 13).

290, 20 *Mais ton premier commenchement.* Für *mais*, das sich aus dem Anfang des vorigen Verses eingedrängt hat, ist etwa *des* oder *de* zu schreiben.

291, 26 *Que vous tenes en avoutire Vostre espeuse [qu']est et bonne et biele.* Mit dem Zusatz der Herausgeber zählt der Vers eine Silbe zu viel. Ist der Zusatz von *qu'* richtig, so ist *et* hinter *est* zu streichen. Der Dichter kann aber auch geschrieben haben *Vostre espeuse, la bonne et biele.*

292, 5. Über *revient* s. S. 14, Note.

293, 37 *Envoisie est cele bauiere Ki à Damas devoit aler.* *Envoisie*· übersetzen die Herausgeber mit „entehrt" (S. 322). Doch wüfste ich nicht, wie das Wort zu dieser Bedeutung kommen sollte; *envoisié* heifst „lustig", was hier ganz und gar nicht pafst, im tadelnden Sinn „*abandonné au plaisir*" führt es Godefroy aus Dolopathos 8089 an. Ich vermute für *envoisie* an unserer Stelle[1]) *envescie* „alt geworden" (vgl. 104, 31), was gut zu 294, 2 f. stimmen würde.

297, 19 *Et se tiennent lor cors plus chier Que de vestir et de cauchier.* Es mufs entweder *Et de vestir et de cauchier* oder *Que de vestir que de cauchier* heifsen.

297, 35 l. *boivre.*

298, 8 s. zu 22, 16.

298, 36 ff. Interpungiere: *A Damerdiu nostre signor Cil am prient, le creator, Ki ceste histoyre oïr vorront.* Mit dem Vorangehenden (*Ki par bonne heure se marie*) darf man V. 36 nicht verbinden, weil der Gemahl der Maria zur Zeit der Abfassung des Gedichts noch am Leben war (trotz 297, 37).

299, 19 l. *aeure.*

299, 38 *Il est iriés et por son mestre Et liés etc.* Das erste *et* ist unverständlich. Vielleicht hat der Vers gelautet *Il est iriés por le sien mestre.*

300, 4 *Et s'est joians k'il avera Et k'il couronne portera.* Allenfalls könnte man als Objekt zu *avera* das Objekt von *portera*, also *couronne*, ergänzen; es läge eine Verschiebung der Satzglieder dem Reim zu Liebe vor ähnlich (aber ungeschickter) wie 140, 20 *Guyos ki di(s)t et ki raconte Et ki l'estoire a si menée* etc. und 288, 33 ff. *Vous signor Ki tant castel et tante tour Et ki tenes tante cité*; vgl. 53, 26. Wahrscheinlicher ist, dafs für *k'il avera* zu lesen ist *k'il l'avera* „dafs er sie (*la* = la joie V. 2) erlangen wird"; vgl. 64, 8 *Et à tous jors joie avera.* Möglich wäre auch *k'il là venra*, allenfalls auch *k'il la vera.*

---

[1]) Vielleicht bedeutet *envoisie* hier „zum Spott geworden".

Wissenschaftliche Beilage zum Jahresbericht
des Friedrichs-Werderschen Gymnasiums zu Berlin.   Ostern 1900.

J420

Zum

Barlaam und Josaphat de Gui von Cambrai.

Von

Arnold Krause.

II. Teil:

Zur Mundart der Dichtung.

BERLIN 1900.
R. Gaertners Verlagsbuchhandlung
Hermann Heyfelder.

1900. Programm Nr. 54.

Nachtrag zum I. Teil.

Bei der Abfassung des ersten Teils dieser Abhandlung war mir die Dissertation von A. Krull, Gui de Cambrai, eine sprachliche Untersuchung, Göttingen 1887, unbekannt. Inzwischen haben die Herren Prof. Mussafia und Tobler die Güte gehabt, mich auf diese Arbeit aufmerksam zu machen. Aus ihr ist vor allem die Vergleichung der Pariser Handschrift anzuführen; sie ist genauer als die von mir gegebene, wird aber doch an mehreren Stellen durch diese ergänzt. Einige von mir vorgebrachte Verbesserungsvorschläge finden sich schon bei Krull: die zu 11, 28. 72, 7. 89, 12 (*pueent*). 97, 17. 100, 19 (*Li viex hom*; in meiner Abhandlung ist verdruckt *Le*). 121, 34. 140, 23. 223, 37. 240, 31. 242, 5. 279, 15. 283, 16. 289, 16 (*de*). — 91, 22 verteidigt Krull gleichfalls die Lesart der Handschrift. — Nach Krull steht, was ich vermutete, in der Handschrift: 86, 8. 229, 6. 299, 19.

Krulls Dissertation ist angezeigt im Litt.-Blatt 1888, S. 306 ff., von Mussafia, der zu seinen in der Germania X gemachten Verbesserungsvorschlägen einige neue hinzufügt, darunter folgende, auf die ich ebenfalls gekommen bin: 12, 22 *ot*, 60, 13 *iers*, 93, 30 *De sa poverte ains s'esleeche*, 139, 14 *t'envi . . . enviail*, 285, 34 *et s'a molt grant leeche*.

Aus Mussafias Anzeige ersehe ich auch, dafs sich schon Littré im Journal des Savants, 1865, S. 337 ff., mit dem Text des Barlaam beschäftigt hat; so gehört Littré die Verbesserung von 42, 37 (*ke* statt *ki*) und die Herstellung der richtigen Interpunktion 203, 18 (Littré schlägt vor *Nes Moyses* zu lesen).

Schliefslich sei noch bemerkt, dafs Professor Apel in Breslau eine vollständige Collation der Handschrift von Monte Cassino besitzt und eine neue Ausgabe des Gedichtes plant.

II. Teil:
Zur Mundart der Dichtung.

Da wir Heimat und Lebenszeit des Dichters kennen, so sind wir in der Lage, zur Feststellung seiner Mundart aufser den dialektischen Zügen, die das Gedicht selbst bei einer Prüfung der Reime und der Silbenzählung aufweist, die uns zugänglichen Urkunden und Gedichte heranzuziehen, welche ungefähr zur Zeit des Dichters im Gebiet seiner Vaterstadt Cambrai abgefafst sind. Weiteres, sehr wichtiges Material wird sich ergeben, wenn die von Freymond vorbereitete

1*

Ausgabe der vor 1191 als Fortsetzung des Alexander-Romans verfaßten Vengeance d'Alexandre des Gui von Cambrai[1]) erschienen sein und sich die Vermutung P. Meyers (Alexandre le Grand II 258) bestätigen wird, daß dieser Gui derselbe ist wie der Dichter des Barlaam.

Vorläufig standen mir folgende Denkmäler von Cambrai aus dem 12. und 13. Jahrhundert zur Verfügung:

A. Urkunden.

1. Aus Tailliar, Recueil d'actes des 12e et 13e siècles en langue romane wallonne (**R**): No. 14 v. J. 1216, Charte von Oisy (die Urk. ist nur zum Teil mitgeteilt, ihre Herkunft nicht angegeben).

No. 18 nach d. J. 1220 verfaßt, Statuts de l'Hôpital de St. Julien de Cambray, aus den Archives des hospices de Cambrai.

[No. 32 v. J. 1230 bleibt hier unberücksichtigt, ebenso wie alle der im höchsten Grade unzuverlässigen Histoire de Cambrai von Le Carpentier entnommenen Urkunden.]

No. 41 v. J. 1238, Charte von Marquion, wie No. 14 von Jean d'Oisy ausgestellt (nur in Auszügen mitgeteilt, Herkunft nicht angegeben).

No. 101 v. J. 1248, Urkunde über Aussetzung eines Wittums, aus den Archives des hospices de Cambrai.

No. 108 v. J. 1248, Schenkung an das Hôpital St. Julien in Cambrai, aus den Akten dieses Hospitals.

No. 215 v. J. 1277, Strafsentenz des Erzbischofs von Reims gegen aufrührerische Bürger aus Cambrai (aus dem Archiv der Domkirche in Cambrai).

No. 249, 250, 13. Jahrh., Coutumes des francs hommes und Coutumes des bourgeois de Cambrai, aus einer Le Glay gehörigen Handschrift des 14. Jahrh., nur zum Teil veröffentlicht.

No. 260, 13. Jahrh., Tonlieu de C. („ancien manuscrit de C."').

2. Aus Le Glay, Mémoires sur les archives des églises du Cambrésis: S. 66 Übersetzung (13. Jahrh.) der 1201 in lateinischer Sprache gegebenen Loi de Commune de Busigny (**Bn**). Obwohl Busigny mit einem Teil seines Gebiets schon im Hennegau liegt, so spricht für die Abfassung der Übersetzung in der Mundart von Cambrai der Umstand, daß die Urkunde für das Kapitel St. Géry bestimmt, auch mit dessen Siegel versehen war.

3. Aus Le Glay, Topographie de l'ancien Cambrésis (**Gl.**):

[No. 1, 13. Jahrh., Übersetzung eines lat. Diploms, sehr unzuverlässig, daher für unseren Zweck unbrauchbar.]

No. 67 = R 18.

No. 75, v. J. 1239, Loi de Niergny (eines Vororts von C.), aus dem „Fonds de la Cathédrale".

No. 76, v. J. 1240, Loi de Haucourt (12 km südöstlich von C.), aus dem „Fonds de St. Aubert".

---

[1]) Was Kroll a. a. O. S. 44 ff. als Vengeance d'Alexandre behandelt hat, ist leider nicht dieses Gedicht, sondern nur der Anfang des Alexanderliedes!

4. Aus Le Glay, Analectes historiques (A): ˙

S. 101 Ordonnance sur les gages et appels de bataille et sur la manière de procéder dans les duels judiciaires, à Cambrai, ungefähr v. J. 1230, aus einer Hdschr. des 13. Jahrh., dem „Livre Bleu ou Livre de le loy" des Barons Albert de Carondelet.

5. La Loy Godefroy (G.) v. J. 1227, aus dem lat. Original gleichzeitig übersetzt, die vom Bischof Goifried den Bürgern von C. verliehene „charte communale", abgedruckt bei Alb. Miraeus, Opera diplomatica IV, p. 391 und im Mémoire pour M. l'archevêque de C. (S. 37 ff., teilweise auch von Tailliar, No. 268.

6. Aus dem Mémoire pour M. l'archevêque (M) aufserdem:

No. 25, v. J. 1246, Charte des Bischofs Veit, aus dem Kirchenarchiv von C.

No. 28, v. J. 1260, Vergleich zwischen dem Kapitel und der Bürgerschaft von C. (woher?)

No. 29, v. J. 1264, Vertrag zwischen dem Herrn von Oisy und dem Bischof von C., aus dem Kirchenarchiv.

No. 34, v. J. 1287, Verordnung des Bischofs Wilhelm (woher?)[1]).

7. Aus Reiffenberg, Monuments des Provinces de Namur etc. I (Rf):

No. 27 (S. 345), v. J. 1247, Loi des villages d'Onnaing et de Quaroube (bei Valenciennes), aus dem Kgl. Archiv in Brüssel. Die Urkunde ist vom Kapitel Notre Dame de C. ausgestellt, was mit ziemlicher Sicherheit auf ihre Abfassung in der Mundart von C. schliefsen läfst. Der Eingang der Urkunde steht, wie mir Herr Prof. Suchier gutigst nachgewiesen hat, auch bei Jacques de Guyse, Histoire de Hainaut, XVI, 17.

8. Aus dem Bulletin du Comité des travaux historiques et scientifiques 1891, 2. Section, S. 432 ff., von Finot herausgegeben, die Droits Seigneuriaux dus aux Évêques de Cambrai (D).

9. Aus Pertz, Monumenta Germaniae, Script. VII,. von Bethmann herausgegeben, die dem Ende des 13. Jahrhunderts angehörige[2]) Übersetzung der Gesta Episcoporum Cameracensium (P).

10. Zehn Erlasse des Bischofs Wilhelm von Cambrai aus dem Jahre 1286 in Willems' Ausgabe der Chronik Jeans van Heelu, Collection des Chroniques Belges I (W)[3]).

In den Archives historiques et littéraires du Nord de la France, 2e série, tome 3e, 1841, S. 376 ff. hat Edw. Le Glay aus einer Handschrift von Cambrai den Auszug einer „chronique générale anonyme" abgedruckt. Trotz der Herkunft der Handschrift aus Cambrai möchte ich doch annehmen, dafs der Ursprung dieser Chronik vielmehr in Flandern zu suchen ist, da der Verfasser für diese Landschaft ein eingehendes Interesse zeigt. Ich glaube daher von einer Berücksichtigung dieser Urkunde hier absehen zu sollen, um so mehr, da sie mir trotz der Angabe des Herausgebers „Écriture du XIIIe siècle", der Sprache nach eher dem 14. Jahrhundert anzuzugehören scheint.

---

[1]) Die übrigen in dieser wichtigen Sammlung enthaltenen Urkunden von Cambrai sind aus dem 14. Jahrhundert oder noch jünger.

[2]) Die Orthographie, z. B. x häufig = s, weist auf einen etwas jüngeren Ursprung dieser Hdschr. — Die Chronik findet sich schon bei Bouquet XIII abgedruckt, mit dem von Bethmann übergangenen Anfang.

[3]) Die „quatre lettres" aus dem Musée des Archives départementales (No. 131), auf die Schwake, Diss. Halle 1881, S. 22, aufmerksam macht, sind nicht vier Briefe sondern vier Buchstaben (und drei Halbzeilen) vom Jahre 1440.

B. Dichter.

1. Huon d'Oisy, gestorben 1189. Zwei seiner Gedichte, ein Scheltlied auf Quene de Bethune und Li Tornois des Dames sind aufser bei Dinaux, Trouvères Cambrésiens u. a. bei Brakelmann, Les plus anciens Chansonniers français I abgedruckt.

2. Jacques de Cambrai. Von ihm sind zwölf Gedichte aus der Berner Liederhandschrift bekannt, von denen neun von Brakelmann in Herrigs Archiv, Bd. 41—43, abgedruckt sind: No. 16, 146 (= Bartsch, Altfranz. Romanzen und Pastourellen III 48). 172, 185, 190, 313, 343, 358, 364, drei andere bei Wackernagel, Altfr. Lieder und Leiche, No. 42—44; einige von ihnen stehen auch in weniger zuverlässiger Form bei Dinaux.

3. Martin le Béguin (de Cambrai). Von ihm sind aus der Berner Hdschr. zwei Lieder veröffentlicht, Archiv 42, 43 No. 282 und 410, letzteres auch, zum Teil aus anderen Handschriften, bei Keller, Romvart S. 299 und Mätzner, Altfr. Lieder No. 33.

4. Colin Pansace (de Cambrai) ist in der Berner Hdschr. mit einer Pastourelle vertreten: Archiv 42, No. 272 = Bartsch III 50.

5. Enguerrant d'Oisy ist der Verfasser des Gedichts Le Meunier d'Arleux, abgedruckt bei Dinaux, S. 88 ff., und bei Montaiglon, Recueil II, S. 31. Dieses ziemlich ungenau überlieferte Gedicht zeigt oft statt des Reimes Assonanz.

6. Hues (Huon) de Cambrai nennt sich der Dichter eines bei Montaiglon, Recueil V, S. 95 aus zwei Pariser Handschriften wiedergegebenen Fablels, La Male Honte[1]).

Von anderen Dichtern, welche Dinaux zu den Trouvères Cambrésiens rechnet, kommen in Wirklichkeit nur einige wenige in Betracht, und was Dinaux von ihren Gedichten mitteilt, ist so unbedeutend, dafs es hier füglich unbeachtet bleiben darf.

Im folgenden sollen kurz die mundartlichen Eigentümlichkeiten behandelt werden, welche sich bei einer Prüfung des Barlaam und der aufgezählten Denkmäler von Cambrai erkennen lassen. Auch die Mundart, der sich der Schreiber der Pariser Hdschr. des Barlaam bedient hat, ist zu untersuchen; dafs er in allen Stücken die sprachlichen Eigenheiten des Dichters festgehalten hat, ist von vornherein unwahrscheinlich, da das Gedicht in einer grofsen Sammelhandschrift enthalten ist.

Bei der Betrachtung der dialektischen Züge dieser Denkmäler schliefsen wir uns der von Suchier in seiner Untersuchung der Mundart des Aucassin gewählten Reihenfolge an.

Das ganze, sehr umfangreiche Material anzuführen, ist mit Rücksicht auf den zur Verfügung stehenden Raum ausgeschlossen. Doch werden die für alle wichtigeren Fälle mitgeteilten Beispiele hoffentlich eine ausreichend deutliche Vorstellung von der Mundart geben.

An einigen Stellen liefsen sich Wiederholungen der von Krull a. a. O. gemachten Angaben nicht ganz vermeiden.

---

[1]) Eine etwas abweichende Fassung desselben Fablels steht bei Moutaiglon IV, S. 40 ff.; hier nennt sich als Dichter Guillaume.

Barlaam (Schreiber und Dichter)[1]:

1. c vor ursprünglichem a.

ca (oder ka) und cha wechseln mit grofser
Willkür; z. B. *cascun* 53, 36f. 81, 28. 225, 23.
227, 26. 262, 6 neben häufigerem *chascun* 4, 30.
8, 12. 11, 31. 12, 3, 32. 14, 20 u. o., *cars* 63, 33.
66, 36. 137, 8. 174, 25. 260, 29. 269, 21. 278, 19.
280, 29, *chars* 7, 2. 48, 1, 3, 13. 69, 16. 106, 20
u. o., *akater* 55, 27. 112, 5, 7, *achater* 20, 27.
107, 26. 131, 16. 242, 24, *caut, kaut* 34, 27.
69, 32f. 78, 23. 170, 31 u. o., *chaut* 279, 16.
294, 19. 300, 36. Mit ch gewöhnlich *chose,
chastiaus.* Im allgemeinen ist ca (ka) häufiger,
und dies entspricht sicherlich der Aussprache
des Dichters.

ca (ka) und cha finden sich nebeneinander,
doch überwiegt ca bedeutend. So findet sich
ca (ka) ausschliefslich in Gl 75, Rf, mit geringen
Ausnahmen (zweimal *chacun*, je einmal *chavechon,
achate*) in D. Selbst solche Worte, die nach Beetz
(Strafsb. Diss. 1887) S. 45 auf pikardischem Ge-
biet sonst vorzugsweise mit cha geschrieben
werden, wie *chastelain, achater, charte, chose,
chacun,* zeigen mindestens ebenso häufig ca (ka).
— Hierzu stimmt Suchiers Karte IV in Gröbers
Grundr. I.

2. c vor einem aus a entstandenen e oder ie.

Der Schreiber schwankt ratlos zwischen
ch, c, k, q: *pechié* 4, 3. 5, 23. 6, 4, 6, 38.
8, 29 o., *pecces* 212, 24; *chier* 48, 27. 53, 23.
69, 2 o.. *cier* 10, 30. 249, 31; *chiet (dechiet)*
18, 17. 66, 37. 67, 21, 32, *deciet* 265, 38; *cheus*
30, 26. 76, 28, *keus* 190, 22. öfters *cheval, che-
valcier* neben *cevalcent* 26, 7; *chief* 76, 33. 118, 6.
242, 4 ö., *cief* 27, 6. 27, 19. 173, 35. 199, 29 ö.,
akievent 25, 10; öfters *couchier* neben *coukent*
171, 29; *bo(u)che* 37, 38. 71, 12. 243, 6.
264, 1, 26, *bouke* 206, 15; *roche* 282, 16. 288, 17,
roke 280, 14. Im allgemeinen ist ch häufiger,
k findet sich noch in *kenu* 27, 6, 19. 99, 24.
134, 11 ö., *cerke* 15, 8, *huke* 15, 21, *restanka*
243, 25, *clokiers* 244, 37, *kieviron* 263, 11.
264, 11, *blankor* 281, 3, 5, qu: *tasque, lasque*
277, 2f., *lasquier* 284, 15.

Dafs auch der Dichter nicht ausschliefslich
den k-Laut verwandte, beweisen die Reime
13, 33 *sache* (sapiat) : *tache* (Fleck), 71, 7 *sam-
blanche* : *blanche* (76, 32 nach der Vermutung
der Herausgeber *enbronke : fronche*). Jacques
de C. reimt in No. 146 *bouche : douce.*

Die Urk. zeigen dasselbe Schwanken, z. B.
kief A, *kef* P 519, 26, *requief* R 14 o., *cief* Gl 76,
chief P ö.; *keval* A Bu D ö.; *queval* R 14, *ceval*
Gl 76 o., *cheval* R 14, R 249, Gl 76, Rf.; *cevalier*
Gl 75, D, sonst häufig *chevalier; cevaucie* neben
chevaucie Rf, *chevaucee* Gl 76, *chevaucher* P';
eskievin G o., M 28. 29. 34. Gl 75. 76 o. A.
Bu o. R 101. 215. Rf o., *esquievin* R 14, *eschevin*
R 14 o. 41 o. 250 o. M 34 o.; *vake* Bu D ö.,
vacque R 14. 260, *vache* Gl 76. Fälle von ch
noch (daneben fast überall k): *chemin* M 29 ö.;
empeecher M 28, *esch(e)ance* R 41. M 34, *chiet,
cheu* etc. Rf, *marchiet* R 250. Rf. (*marcie* R 101),
marcheant D, *franchise* M 28. Gl 75. 76, *buche*
M 29. P, *hache* Gl 76, *dimenche* R 18, *bouchier*
D, *chierte, couchier, pechies, sechierent, croche* P,
empeechement, enpeechiet, touche, touchier, duchei
(neben *ducee*), *chier* W.

Hiernach ist für das 13. Jahrh. ein
Schwanken der Aussprache zwischen ch
(T S H) und k sehr wahrscheinlich.

---

[1]) Hier sind auch die wenigen Bemerkungen angefügt, zu welchen die übrigen Gedichte aus Cambrai
Anlafs boten.

3. g vor a bleibt g.

Die Schreibung schwankt zwischen g: *longement* 86, 12, *margeri(t)e* 32, 19. 61, 14; gh: *longhement* 27, 18. 72, 8. 85, 2 ö., *alonghement* 47, 26, *larghement, margherite* 35, 15; j: *jambes* 27, 9.

Die Urk. zeigen regelmäfsig g: *gardin* Rf. Gl 76, 3, *agambees* A, *gaskiere* Gl 76, *goent* (gaudeant) M 34, *goyr, goe* W, *longement* G; daneben gh: *longhe, longhement* P, *boulangherie* M 39, *boulenghiers* Rf, neben *boulengiers* und *boulenguiers* D, *borgois* R 215; ausnahmsweise j: *joie, joyeusement* P.

4. Isoliertes t.

Die Fälle, wo isoliertes t beseitigt ist, überwiegen bei weitem. Erhalten ist es: hinter u: *escut, vaincut* 5, 9 f., *rechut* 10, 32, *tenut* 15, 8. 16, 8. 61, 26, *vêut* 30, 29. 32, 18. 36, 30, *salut*: *avenut* 46, 13, *perdut* 53, 16, *parut* 56, 21, *mut* 181, 33; hinter e: 8 mal, s. Krull, S. 26; hinter i: *envait*: *hardit* 229, 14 (der Reim der beiden vorausgehenden Verse ist auch -it, also hat der Dichter sicherlich *envai*: *hardi* geschrieben). Der Dichter hat nachweislich nur einmal isoliertes t bewahrt, 177, 23 *contredit* (part.): *merchit*, während gewöhnlich *merchi* mit -i gepaart ist, z. B. 213, 18. 236, 14. 250, 17 (ebenso einigemal bei Jacques de C.); ebenso *parti* (Subst): *aussi* 225, 30; stets *vertu*: *tu*, z. B. 212, 14. 242, 19. 266, 7.

Die Urk. zeigen t ebenso oft erhalten wie ausgefallen. Verhältnismäfsig am häufigsten findet es sich hinter u: *repeut* R 18, *rech(i)ut* G. B. W, *rechute* R 18, *keut* G, *coneut* R 18, *conneute* G, *cognute* R 32 (*congnotte*? R 41, 61), *encourut* G, *forcorute* Gl 76, *esliute* R 215, *veut* A. G. Rf, *deut* G, *eut* M 28. W, *seut* R 215, *tenut* M 28, *retenut* R 215, *tolut* G. P. *pendut* Bu, *ferut* Rf, *abatut* P, *vendut* P, *deffendut* Bu, *molute* D, *salut* R 18. M 29, *agut* G, *contenut* W; seltener hinter i: *crit* Bu, *oit, bannit, estaulit* G, *hait* P, *merchit* Rf, *accomplit* W, *werpit* R 101, (fehlerhaft sogar *ensit* Gl 75, *amit* P 518, 41). Unter den sehr häufigen Fällen, wo isoliertes t hinter e steht (s. auch Krull, S. 26), seien nur einige erwähnt, wo in derselben Urkunde dasselbe Wort mit und ohne t erscheint: *volente(t), jure(t), poeste(t)* Rf. *congie(t)* R 18, *cite(t)* G, *donne(t), estei(t), assene(t)* W, *plente(t)* P.

5. Die Hilfslaute d und b zwischen l-r, n-r, m-l.

Zwischen l-r gewöhnlich kein d: *volrai* etc. 12, 37. 24, 23, 33, 30 o. *esmorre* 235, 34: *sorre* 182, 7; d nur in *miudres* (melior) 79, 14. 95, 28, *emmioldrer* 2, 2 (Hdschr. v. Monte Cass.).

Zwischen l-r gewöhnlich kein d: *volrai* etc. R 108. 250, *voulra* R 260, 29, *vorra* R 41. W, *vaulrent* P, *solroit* Rf, *assauroit, fauron* P, *miurre* (molere) Rf, sogar *Gelre* (neben *Geldre*) W; d nur in *vouldra* R 14, *emmiudrance* Rf.

Zwischen n-r gewöhnlich kein d: *venrai* etc. 9, 21. 12, 20. 33, 17. 42, 38 o., *vinrent* 11, 37, *tenrai* etc. 31, 12. 50, 18, *tenrement* 111, 6. 144, 26. 240, 24, *menres* 187, 7. 243, 2. 244, 24, *engenrer* 235, 6. 243, 13; d nicht selten im Reim mit solchen Wörtern, wo das d ursprüng-

Zwischen n-r d nur in *cendre* R 260, sonst ohne Hilfslaut: *venrai* etc. G ö. Gl 75. R 14. 54. 215. M 25. Bu. P und sonst oft (*converra* R 14), *vinrent* P, *tenrai* etc. G. M 28. Rf. P. R 215 (*soustera* R 14), *r(e)manra* G. Rf, *semonre* Gl 76, *menres* M 29, *venredi* und *devenres* D. W; sogar

lich ist: *men(d)re* : *descendre* 8, 23, : *entendre* 179, 13, *engendre* : *rendre* 11, 19, *cendre* : *pendre* 164, 35, und mit solchen, wo es ursprüngliches g vertritt: *remaindre* : *ataindre* 148,29 (*plaindre* : *ataindre* 36, 25). Jedoch ist es auch möglich und bei dem Lautbestand, den die Urk. zeigen, sogar wahrscheinlich, daſs der Dichter auch in diesen Fällen kein d gesetzt hat.

Zwischen m-l steht b gewöhnlich in *ensamble, sambler* und seinen Ableitungen (aber *sanle* 110, 28, *assanler* 221, 3. 232, 5), *tramble-ront* 49, 6, *embler* 165, 32. 170, 26, es fehlt in *humle*, z. B. 7, 17. 75, 36. 76, 38.

ursprüngliches d ist unterdrückt in *penre* (prehendere) M 29.

Zwischen m-l steht meist b: oft in *ensamble, sambler* etc., aber *ensanle* R 109, 215. W 111, *ensamlle* A, *samlle* A, *sanl(l)ant* Bu. Rf, *sanler* W ô. R 215. In P findet sich oft *humble*, aber *humlement* R 215.

6. l hinter ī, vor s.

L ist bewahrt in *fils* 11, 3. 23, 38 ô., *gentils* 86, 35. 200, 21, *vils* 255, 20; l ist ausgefallen in *gentis* 33, 1. 220, 11. 224, 34 (*vis* 202, 4 ist = *vivus*, nicht, wie Krull, S. 21, meint, = *vilis*, vgl. z. B. 183, 12), vokalisiert in *vius* 5, 19, dies in *viex* (= *vieus*) weitergebildet 147, 5. 187, 5. Der Dichter hat l auch in *gentils* vokalisiert, wie der Reim *gentils* : *pius* 216, 4 zeigt. Jacques de Cambrai No. 313 (Archiv 43, 246) paart in der zweiten Strophe *fiels* (filius) und *subtiels* mit *ciels, miels, deus* (ein Reim ist in der Hdsch. ausgefallen, vermutlich *pius*), wobei als Reimlaut -ieus anzunehmen ist. Dagegen reimt derselbe *fils* : *requis*, : *gentis* in No. 243 (Wackern. 43), *fils* : *pis* : *mercis* in No. 199, ebenso No. 358 *fils* : *vils* : *souffris* etc.

Aus den Urk. kenne ich, abgesehen von *filz* P 518. 24. 523, 8 und *aissis* R 260, nur die vokalisierten Formen: *aissius* D 18, *houpius* D 46, 49, *perius, courtius* Rf, *fius* R 215, *fiu(l)x, gentiu(l)x* P, *iu* in *ieu* weitergebildet *fiels* R 215, = *fiex* Bu, = *fieulx* P 519, 51.

7. o (= lat. ŏ) statt ue.

Für die Sprache des Dichters ergeben die Reime, abgesehen von den gemeinfranzösischen *rose* 118, 24, 32, *vole* 62, 5, *escole* 16, 1. 114, 20 ô., *cvme* (Haar) 279, 32, *home* und *hon*, o nur in *defors* (: *cors* 6, 23. 21, 37 ô.) und *bonne*. Dem gegenüber stehen die Reime *vel* (Verbalsubst. zu vouloir) : *conseil* 269, 32, *vieus* (= tu veux) : *mieus* 207, 19. 234, 12, *iex* (oculos) : *mieus* 32, 35. 146, 12. — Der Schreiber hat o in denselben Fällen und in *fors* (lat. foris), *bons*

Die Urk. zeigen o (auſser in Fremdwörtern wie *obole*) nur in *hors* (neben *huers* R 18), *fors, dehors, hom, bon* (daneben *boen* W, *buen* R 108, *boins, boine* oft), *roe*. Auffallend ist *bous* (lat. bos) D, *miurre* (molere) Rf. Im übrigen schwanken die Urk. zwischen ue und oe; einige zeigen schon modernes eu, so *veul* P, *veu(l)t* R 249. 250. G. A. Bu. W, *vieut* G, *peut* R 249. 250, *veulent* D, *euvre* und sogar *oeuvre* D. P. W.

(*boine* 14, 30); vereinzelt *tu oores* 156, 1, *volt.*
Sonst schwankt er ohne Regel zwischen oe und
ue. Wie planlos er verfährt, zeigt z. B. *voes*
60, 36. 64, 19 neben *vels* 7, 11 ö., *veus* 46, 8,
ves 98, 8, *duel* 30, 9, *del* 60, 30 neben *diels*
251, 15, 17.

8. e statt ie.

Einziger Fall *matere* 26, 15. 293, 21 und
sehr oft im Reim, : *venere* 197,11, : *pere* 97,30.
147, 20. 152, 35. 155, 27. 201, 18 (fälschlich
matiere geschrieben). 243, 10. 282, 19. Hier-
nach ist der vereinzelte Reim *matiere* : *pierre*
43, 19 sehr befremdlich und vermutlich *maniere*
statt *matiere* zu schreiben.

Obliger M 39 und *traiter* Rf S. 350. R 215
(neben *traitier*) sind wohl Schreibfehler, *mau-
vaisté* R 249 wie *pité, amité* Anlehnung an *bonté*
etc., *soller* (neben *soulier*) R 260. M 25. 34 ist
die regelrechte, ältere Wortform; es bleibt
derrere P 514, 5. 515, 34 neben *arriere* 519, 42.
Zu vergleichen ist aufser *matere* noch *glore*
P 518, 24, *memore* P 520, 24, Rf S. 352.

9. ai lange diphthongisch.

Fälle von e = ai: im Inneren des Verses
100, 36 *fet il* und 84, 20 *esgarde* = *esgardai*
(Mussaßa); im Reim, also dem Dichter eigen-
tümlich *pres* : *palais* 22, 33. 257, 8, *estre* :
maistre häufig: 47, 31. 64, 33 u. s. w. Nasales
ein und ain wird nicht mehr unterschieden.
Vgl. auch Suchier in Gröbers Grundr. I 582.

e für ai ist selten: *fetes* M 39, *forfet* (neben
forfait) Gl 75. R 14, *fet* W 117, *lessies* Rf 347.
348, *et* = *ait* Gl 76, S. 118 (*totes ses coses et
en le volente au segneur*) scheint verschrieben
für *sont* oder *erent.*

10. — cem = is (nicht ız).

Stets *pais, brebis, fois,* so auch im Reim,
z. B. *pais* : *palais* 161, 4. 165, 18 ö., : *mais*
253, 27, *brebis* : *amis* 67, 34, : *envis* 201, 26.

pais sehr oft, z. B. R 41. 215. G. M 28. 29.
Rf. P, daneben *paix* R 41. 101. Gl 76; *brebis*
R 14. D; *fois* R 250. W; *noix* R 260.

11. c (t) vor lateinischem e oder i = TSH.

Dieser Laut wird willkürlich durch c und ch
wiedergegeben: Im Anlaut: gewöhnlich *cil,*
aber *chil* 32, 11. 75, 20. 91, 35 ö., *cist* 40, 18.
94, 1, *cis* oft, aber *chis* 27, 15, *cest, ceste, cel,
cele; celui* 30, 31 neben *chelui, ce* neben *che,
chou,* stets *chilé.* Dem jüngeren, gemeinfran-
zösischen durch Assimilation des Anlauts ent-
standenen *chercher* entspricht genau *kierkier*
56, 25. 59, 9. 139, 10, daneben findet sich aber
älteres *cerkier*: 15, 8. 101, 36. 102, 36 u. o.
Im Inlaut herrscht ch vor, z. B. bei den Verben
auf -chier (aber auch cier, so *chevalcier* 25, 31.
26, 7. 27, 2), den Ausgängen -anche, -eche,

Im Anlaut herrscht c vor. Stets *cele, cest(e),
cela, cite, citain; cesser, cervoise* etc., gewöhnlich
cel(u)i (*cheli* W 119); *ces* häufiger als *ches* (M 29);
ci, cis, cil, cius, ce, ciaus, co, cou neben *che,
chis, chil, chiu(l)s, chiaus, chou.* Im Inlaut ist
ch ebenso häufig wie c; so bei den Verben auf
-c(h)ier, den Ausgängen -anc(h)e, -enc(h)e, -ec(h)e.
Für die Substantiva auf -ice kenne ich kein
Beispiel mit ch, sondern immer *office, service,
justice* (einmal *justichier* M 34), *benefice*; verein-
zelt *edifise, commandise* G (G hat auch *sentense,
license, semonse*), *ofisial* R 101, *appendise, avarise*
neben *avarisse* P (diese Hdschr. hat auch *espasse*

-iche. Stimmhaftes s zeigen im Reime stets *servise* (: *Eglise* 2, 32. 3, 20) und *justise* (: *devise* 132, 25, : *prise* 50, 34. 173, 19. 193, 27 ö., : *mise* 48, 37). Ebenso reimt Jacques de C. No. 172 *justise*, *servise* : *conquise*, *franchise*; so stets Chrétien von Troies. Hingegen ist die vom Schreiber bevorzugte Form *sentense* nicht die des Dichters, der das Wort mit -*enche* paart, z. B. 17, 13. 18, 7. 22, 26. 34, 19. Bezeichnend für die Willkür des Schreibers ist 192, 8 f. *Anchyses* neben *Ancises*. Einigemal findet sich sc: *floriscoit* 2, 9 (M. Cass.), *envesci* 104, 31, *avarisce* 65, 25. 108, 22, *malisce* 186, 32. 244, 27, *sacrefisce* 219, 24, *Gresce* 195, 20, *grasce* 11, 15. 45, 16 f., daneben *grasche* 45, 14. Der Auslaut zeigt ch und c: *tierch* o., *douch* 157, 1, *roumanch* neben *courouc* 125, 4. 126, 10, *ainc* 30, 32. 104, 15 (*ains* 18, 18. 171, 22. 185, 28). Über die Endung c(h) der 1. Sg. vgl. zu No. 35. Auffällig ist *bourch* 255, 27.

neben *espace*, *visce*, *malisse*, *malisce* neben *malice*, *Donasse*, *arraser*), *prejudisse* R 215 (neben *prejudisce*). M 28 (hier auch *grasse*, M 29 *grasce*, beides auch in W. R 215), *visse* Rf. Diese Schreibung mit ss, sc deutet doch auf eine stimmlose Aussprache. Im Auslaut steht c neben etwas häufigerem ch: *cordic*, *roillic* A, *marc* Bu, *tierc* (Nom. *tiers*) M 29, Rf — *march* Gl 76. R 260. P. Rf, *tierch* R 14. R 41. P, *douch* (dubito), *rench*, *promech*, *clerch* P, vereinzelt *soulas* (obl.) P. Auffällig ist in W *duch* (dux) 121; *Thonnebourch*, *Butenborch* 117, *Lembourch* 119 (sonst Lembourg und Lembourgh, *forborc* R 101. Diese allerdings kurze Urkunde zeigt nie ch).

12. Ursprüngliches j analogisch in g verwandelt [1]).

Teils g: *changa* 31, 7. 42, 26, *aliga* 247, 10, *aligast* 36, 24. 239, 21, *targa* 178, 14. 196, 8. 239, 17, *engranga* 87, 29, *mangue* 71, 8, *mangoient* 42, 11. 71, 5, *mangast* 71, 29, *mangassent* 42, 8, *laidengast* 155, 21; teils j: *manjue* 48, 1. 73, 19, *venjance* oft, *forja* 188, 13, *serjant* 220, 18. Letzteres Wort wird gewöhnlich *serghant* geschrieben, z. B. 13, 27. 22, 38. 23, 31, wobei gh vielleicht den palatalen Laut bedeuten soll, wie in *arghent* 57, 36. 180, 27. 258, 25, *jughement* 89, 33. 127, 8. 132, 3. 160, 6, 33. 165, 1, während es sonst auch gutturales g bezeichnet: *aighe* 36, 18. 90, 18. 146, 17, *langhe* 140, 5. 149, 20 ö.

Die Urk. zeigen meist g: *sergant* (*sergent*) R 14. 41. 249. G. Gl 75. Bu. Rf. P, *mengoit* N 25, *vengoit*, *vengast*, *vengance*, *targoient*, *atargaissent*, *blastenga*, *Ango* P, *engoignous*, *engoint* etc. W; j nur in *serjant* M 25. 28. Gl 76. R 215. Den palatalen Laut des g bezeichnet dahintergesetztes i: *s(i)ergians* (*sergiens*) M 28. A, vereinzelt ist die moderne Schreibweise *mengeoient* P 514, 5 (gh giebt bei nicht hierbergehörigen Wörtern ebensowohl den palatalen Laut an: *gheline* Gl 75. Bu, *heberghier* P, *verghes* A 4, *Gherard* M 39 etc., wie den gutturalen: *beghine* M 29, *righeur* P 519, 9 etc., *Ghelre* W 113. 117 ö.).

13. t (d) + s = s (nicht z).

Stets s; *esgardez* 177, 27 und *peuissiez* 190, 9 sind offenbare Versehen. Daß auch der Dichter s und z nicht scheidet, lehren Reime wie *rois*:

Sorgfältig geschriebene Urkunden wie Rf und D kennen nur s (*viez* in der Überschrift bei Figur 50 in D ist kaum ursprünglich), P

---

[1]) Hiermit kann man im Deutschen die vornehmthuende Aussprache „gener", „Gacke" im Munde solcher Leute vergleichen, die g im Anlaut wie j auszusprechen pflegen.

drois 10, 19, *crois* : *drois* 229, 38, *dis* (dies) : *dis* (dicta) 192, 33, *ses* (sapis) : *asses* 210, 23.

hat nicht z, aber gelehrtes ts: *saints, droits, discrets, petits*, und ds: *seconds*, ebenso *forfaits* Gl 76, *enseignements* A. Andere haben schon z : *trouvez, faissiez, coustz* (!), *mez, metz* R 14, *libertez* R 41, *armes, fourpaisiez* R 249, *maisnez, conjurez* R 250, *trousez* R 260.

14. Umstellung von Consonant + er in Consonant + re in unbetonter Silbe.

Beispiele häufig: *fremer* und Ableitungen davon 8, 32, 33. 21, 34. 83, 6. 230, 21; *enfretes* 26, 22, *enfremete* 13, 26 (aber *enfermete* 13, 16. 26, 23); *couvreture* 24, 1. 45, 35. 49, 29. 209, 33 (*couverture* 23, 27); *vrete* 84, 35; *hebregage* 105, 32. 115, 18, 27, *hebregier* 44, 7. 210, 19. 263, 6; *esprevier* 201, 30; *gouvrener* 245, 5. 255, 3; *preeche* (pigritia) 97, 10. 126, 34. Umstellung von re in er liegt vor in 20 mal vorkommendem *damerdiu* aus *damrediu* (169, 23) neben dem ursprünglichen *damediu* (40, 30. 57, 12 u. o.), ebenso in *perecheor* (praedicatorem) 91, 12 und wohl auch 44, 22, 135, 2 (in der Hdschr. *ꝑecha*), während in den Futurformen *mosterrai* 89, 19. 180, 22. 244, 10, *enterroie* 32, 20 (Hdschr. *entenroie*), *soufferrai* 10, 24. 50, 38, *plouerra, duerra* 197, 35 f. trotz des doppelten r wohl eher Ausfall des stammhaften r durch Dissimilation anzunehmen ist. Umstellung von ro zu or zeigt *entorblie* 33, 25; *torbler* 24, 25. 26, 37 u. o. ist das Ursprüngliche, ebenso wie *berbis* 68, 1, wofür *brebis* 67, 23, 34 steht. In *kokerdile* 201, 28 ist r von der ersten in die zweite, in *courvecle* 169, 32 von der zweiten in die erste Silbe übergesprungen.

er zu re: *fremer, confremer* P oft, M 28, *affremer* G, *frim(i)ete* P 522, 45, *couvreture* A, *brebis* neben *berbis* Gl 76. Bu, *couvreture* A, *tavrenier* Rf, *gouvrener* R 215. G, *affreoit*(?) P (Bouquet); *affresist* P 521, 42 ist wohl Schreibfehler für *afferist*? vgl. 524, 8 wie *emperrees* 516, 24 (und *seignouire* 523, 34). Umstellung von re zu er (oder Ausfall des r): *juerra, jueront, demouerra* G, *desmemberra, enterront* R 215, *enterroit* Gl 76, *deliverroit* W 122. *Crovee* R 14 (5 mal) zeigt Umstellung von or zu ro, *fourment* R 14 Umstellung von ro zu or (*tourbler* P 511, 3. 513, 46 ö.).

15. *prisent, misent* etc. für *prisrent, misrent* etc.

Stets *prisent* etc.: *prisent* 55, 27, *aprisent* : *disent* 91, 6, *misent* 82, 22 f. 204, 3, *fisent* 44, 38. 81, 12 ö., *conquisent* 195, 33, 37, *despisent* 5, 18. 54, 28. Daſs diese Perfektformen nur unter sich reimen, liegt an dem geringen Vorrat anderer Reimworte.

In den Urk. ist diese Form natürlich selten, ich finde nur je zweimal *fisent* R 215, *misent* R 215, *entremisent* M 28; um so häufiger in der Chronik P: *fisent* 12 mal, *prisent* 6 mal, *disent* 8 mal, *misent* 4 mal; *sisent* 522, 22 (statt *fisent*). Die beiden Fälle, wo in P die moderne Endung -*irent* sich findet, sind mir verdächtig: 524, 27 ist für *prirent* vielleicht *pillerent* zu lesen, 511, 6 ist *contredirent* wohl nur Druckf. für *contredisent*.

16. bl (pl) wird vl (ul, l).

bl ist überall erhalten: *estable* 18, 22. 46, 33. 69, 22. 244, 7, *establir* 83, 14. 170, 9, *raisnable* 32, 13. 162, 29 ö., *table* 113, 19, : *permenable* 96, 24, *diable* sehr oft, : *fable* 183, 11, : *connestable* 63, 8. 83, 10, *decevable* 1, 11, *doble* 1, 2. 34, 36, *doublier* 71, 23. 73, 6, *noble* oft. Das Wort *pueple* habe ich in dem Gedicht nirgends gefunden, es wird gewöhnlich durch *gent* ersetzt.

Die Urk. schwanken: *establir* und Ableitungen R 14 oft, R 215 einmal, Gl 76. Bu. M 28. W. neben *estaulir* G. A. Bu. R 18. 215 sechsmal. M 25. 28. Gl 75. Rf. P. W, *rais(on)nable* R 14. 41. G. Gl 76, 1 neben *raisnaule*, G. Gl 76, *paisible* R 41. 249 neben *paisivle* W 119, *paisiule* M 34, *pourfitable* R 14 neben *pourfitaule* G, *table* P neben *taule* G, *manable* R 250 neben (*per*)*menaule* Gl 76. Rf, *fiable(ment)* P 519, 15. 521, 53, *foiable* W 117, *foiavle* 118, *fiaulement*[1]) P 516, 12, *peuple* G. R 41 neben *peule* G, *meule* Gl 76. Rf, *coupaule* R 215 u. s. w. P hat fast nur -bl-, aber stets *peule*.

17. a für au; es statt els.

Kein Beispiel von a für au. Es statt els: *tes* 4, 23. 26, 21. 289, 1, *ites* 47, 35. 256, 33, *ques* 15, 38. 56, 31. 96, 32. 143, 31. 198, 36. 202, 4. 234, 7. 264, 4. Aber auch *tels*, z. B. 135, 17. 200, 11. 270, 26, *teus, tex* 32, 22, 40, 5, 7, 9. 51, 1. 62, 34. 121, 17. 235, 6, *auteus* 244, 37, *keus* 24, 10. 47, 37. 189, 29, *crueus* 28, 23. 176, 21. 190, 35. 248, 19. Im Reim findet sich kein Beispiel.

a für au: *Watier* R 14. 101. W 111. 118, neben *Wautier* W 117, *Willame* R 14. W, *Willanmes*(?) M 34 neben *Willaumes*, das sich auch in D und W findet; *ducame* W 111, 112 (s. Anhang). Es statt els selten: *tes* R 108. M 28 (R 18, 20 lese ich statt *tes defaut*: *tel defaut* = lat. tali excessu), *ostes* (ostel?) R 14, *solemnes* P 519, 24. 520, 13. Häufiger els, z. B. *tels* R 215, *telz* P, *quels* G 1. M 28. 29. 34. A. P. W, *catels* R 250. G und eus, z. B. *teus* M 25. 29. R 215, *teulx* P, *crueus* G, *osteus* R 101. Rf. u. s. w.

18. men, ten, sen für mon, ton, son.

Men 127, 18. 243, 3, *ten* 10, 30. 209, 16. 240, 31 (unsicher). 258, 31, *sen* 5, 23. 114, 29. 184, 37. 299, 21. Dagegen *mon* 20, 22 f., *ton* 9, 33. 10, 11. 12, 16, *son* 4, 38. 5, 24, 29 u. o.

Men R 41. 108. A. Bu. W 111, *sen* R 18. 32. 41. 101. 108. 215. 249 oft. G oft. M 25. 28. 34. Gl 75. Rf. D. W 118. (*se* = *sen* R 41, 46. P 519, 34. W 117. 118). Dagegen *mon* Gl 75. 76. R 215. A. W oft, *son* R 14. 41. 215. 249 oft. 260. A. Bu. W oft.

19. Offenes o vor gedecktem l wird zu au.

Au nur vereinzelt: *faus* 6, 29, sonst immer *fols*, z. B. 7, 14. 11, 17. 25, 19, : *Pols* 155, 1; *vausist* 242, 14, sonst *volsist* 135, 15. 158, 31 ö., *volrai* 35, 5. 39, 8 und sehr oft; *taut* 47, 16. 127, 34. 158, 38. 235, 19, *taurra* 276, 22 neben

Au fast ebenso häufig wie o(l): *vaurra* M 28 ö. 34. Gl 34. G, *vault, vaulrent* P, *vausist* G, neben *vouldra* R 14, *volt* R 101. P, *volroit* P, *vo(l)sist* Rf. P oft, *vorra, vorrons, vosissent, vosissienmes* W; *taut* Bu neben *toute* Bu, *tolt* G. Gl 75. Rf;

---

[1]) *fiaulement* könnte auch von *fiaul* (fidelis) kommen; vgl. No. 39.

retot 20, 6, tols 265, 27; saudé 47,5 neben sode 47, 4; sonst stets o, z. B. esmorre : sorre 182,7, cols 138, 22, parot 122, 33. 156, 36. 226, 28. In dem Gedicht Male Honte ist zweimal cops mit os (ossa) gepaart.

assaut etc. Bu. P, neben absolst P ö.; saus G neben häufigem sois, saudes P, saudoyers P, Biertaut W 123 '), stets coup, co(l)p, couper. In Rf findet sich dieses au überhaupt nicht.

20. le, me, te, se statt la, ma, ta, sa.

Das Pron. pers. la findet sich nur einmal, 67, 30, wo vielleicht mit Krull l'aporta zu lesen ist, sonst — etwa 46 mal — stets le. Der weibl. Artikel heifst im Nom. la (sehr oft) oder li, dieses etwa 15 mal: 28, 12. 30, 3. 48, 29 u. s. w., niemals le, im Acc. la oder — etwa 44 mal — le. Nie findet sich me für ma, te für ta einmal, 6, 25, se für sa 4 mal, 2, 34. 45, 11. 69, 22. 178, 3. Enklitisches l für das Pron. pers. la: nel 45, 28. 101,10, 27. 200, 31. 228, 6. 252, 20, zweifelhaft bleibt kil 192, 20, wo l = le (Neutr.) sein kann. In dem Gedicht Male Honte steht (in der Hdschr. B) jel = je la, sil = si la.

Das Pron. pers. heifst le, z. B. R 14. 18. 215. 250. 260. M 34. Der weibl. Artikel heifst im Nom. li, seltener la, le nur vereinzelt: G 5. R 18. 101. 108. 250, 13. 260, 1 (wo der Acc. für den Nom. eingetreten ist), im Acc. la oder le. Manche Urkunden, besonders Rf. R 215. D. W zeigen gröfsere Konsequenz: Sg. Nom. li (auch vor Vokalen), Acc. le (l') (Rf und W einmal la, R 215 einmal la, einmal (§ 9) fälschlich li), so dafs sich in ihnen der weibliche Artikel vom männlichen nur im Gen. und Dat. (Fem. de le, a le, Masc. d(o)u, del, au) und im Nom. Plur. (Fem. les, Masc. li) unterscheidet. — Me R 108. Gl 75. 76. Bu. M 28; R 18 Einl. nach Le Glay (nach Tailliar ma), auffallend men ame Bu S. 67. — Se ist häufiger als sa (in P steht se nur vor Vokalen! z. B. 512, 40, 46. 513, 20, 24, neben s' z. B. 522, 14. 523, 22). — Enklitisches l = la P 519, 10.

21. en und an auseinandergehalten.

Im Reim ist en und an nur 22, 9 enfant : entendement²) gepaart und bisweilen im Ausgang ance : ence: 3, 9. 111, 2. 214. 32. 225, 24. 247, 11. 248, 25. 266, 12. 276, 8. 278, 28. Sonst ist an und en streng geschieden; vgl. z. B. die Reimfolge 67, 25—28. 240, 24—27. 285, 22—25. Selbst die Wörter mit en, die sonst frühzeitig in Nebenformen mit an erscheinen, wie tens, dedens, talent etc., reimen nur mit -en, aufser dolant. Der Schreiber hingegen wirft schon etwas häufiger an und en zusammen, so steht tans neben tens', esciant neben escient, stets sambler, ensamble, example.

Dafs die Urk. an und en im allgemeinen noch scheiden, hat Haase in seiner lehrreichen Dissertation (Halle 1880) nachgewiesen. Zu den von ihm angeführten Fällen, wo sich en statt an zeigt, füge ich noch hinzu: megnier R 18 ö., mengier M 29, menda P 514, 12 (gegen manda Z. 27), commender R 249, 5. P 514, 47, enquerent (Part.) R 249, 10, avent(?) R 101, creencier G 33, 35, boulenguier D oft. — Ein und ain werden ebensowenig geschieden wie im Barlaam.

---

¹) W 111 ist vames wahrscheinlich aus vaures verlesen.
²) 159, 11 ist commant (: tant) nicht, wie Haase S. 25 meint, Adverb, sondern Subst. = commandement.

Von den übrigen Dichtern aus Cambrai paart nur Martin le Béguin (Mätzner No. 33) -ent konsequent mit -ent, Huon d'Oisy reimt willkürlich -an : -en, ebenso Colin Pensace (gent : -ant), Jacques de C. (No. 199 Moysen : Adam : sanc) und Huon de Cambrai (vgl. Haase).

22. e in Position (aus lat. e) wird ie.

E und ie wechseln unterschiedslos, z. B. bel 12, 35. 64, 33 o. — biel 5, 21. 7, 9 o., sers 8, 28. 64, 35 o. — siers 6, 27. 9, 37 o., biele: esticele 120, 38, sert : piert 175, 37. Dieses (i)e reimt mit è, Jupiter : enfier 184, 9, Babel : b(i)el 242, 8, und auch mit ai, s. unter No. 9.

Die Urk. zeigen dasselbe Schwanken, z. B. terre R 14 o. 108. 249. 250 u. o. — tierre R 108 o. 249 o. G. Gl 75. Rf. W, estre R 18 u. o. — iestre R 14. A, envers neben enviers Rf, serjant neben sierjant, Brouxelle neben Brouxielle, nouviel neben renouvelement R 215, nouvelle neben nouviel P, feste neben fieste, apres neben apriee W u. ö.; vgl. Krull S. 23. Sehr auffallend ist es, dafs in D einer Reihe von Fällen mit e (est, apele, pele, coutel etc.) kein einziges Beispiel von ie gegenübersteht, ebenso in R 18. 250. 260.

23. Inlautendes e vor Vokal früh verstummt.

E noch nicht verstummt: mireours 5, 26, menteour 33, 15, corneour 37, 28. 38, 30, jugeor 51, 15, pecheor 59, 32 ö., bateour 138, 8, salveour 138, 29, preecheor 91, 12 u. s. w.; réonde 178, 29, decheus : enbëus 45, 15, eage 25, 11, meïsme oft, paour 50, 7 ö., rdemplie[1]) 54, 8, sëur 124, 8 oft, chëu, ëust, pëust, ëu, sëusse etc., sdiaus 219, 2, marcheans, marcheandise 31, 27, 28 ö., marc[e]ande 219, 34, hdine 153, 2 ff. E verstummt: encuseur 14, 23, acuseur 14, 26. Schwankend: vesteure 54, 11, 14. 109, 3, vesture 108, 32; citoiien, citeain, citain dreisilbig 82, 22. 83, 10, 23, citain zweisilbig 80, 25, 32; kdine 131, 27, kaine 150, 12. 189, 38; rdenchons 50, 34. 144, 8. 172, 24. 204, 4, rancon 131, 24; aorner zweisilbig(?) 21, 37, aornement viersilbig 36, 34, 95, 10; jëuner 226, 13, juner 110, 34. 119, 20, 124, 19. 261, 27. 263, 36. 288, 8; gaaignier 51, 37. 140, 23 und gaain 122, 10. 127, 38. 146, 22, gaigne 61, 13, wo Mussafia gaaing lesen

In den Urk. ist e (i, a, o) erhalten in: seur, seurte, asseurer R 215. Rf. G, repeut R 18, cheus, peust, eage etc. Rf, leeche, beneir, creissent, feissent, aournés, chayere, raemplis, marcheans, sceu etc. P, marcheant, marcheandise, cordoaniers, flaiel, veaus D, esleit, bleceure R 14. G 15 etc., seut, esleu R 215 (neben esliute), — geschwunden in: ravisseur R 14, procureur R 18. W, aideur R 215, enpereur, bateur, vendeur, acateur G, reubeurs P. Rf, mourdreur, ardeur Rf, soile (setula) D, oesture R 18. P. G, renchon R 41, emu(?) P. Der Gebrauch schwankt in seel (sael, saiel), seeler etc. R 108. 215. M 25. 28. 29. Gl 75. 76. G. Rf. P. W, sel, scel[2]), sceller R 41. M 29. 34; recheu, recheust etc. R 18. 101. Rf. P, rechus etc. R 18. P. W; coneut R 18. G, cognute R 32; esceance (eschaunce) R 249. Gl 76, esc(h)once M 34. Rf; creancer etc. G 33 ö., crencier(?) G 33; empeechier M 28. 29. W ö., empeschiet R 18; poeste neben poste Rf, maaille

---

[1]) Dem e stehen andere Vokale im Vorlaut gleich.

[2]) R 18 hat Taillior seel, Le Glay scel.

möchte, *waignart* 299, 10; *preecher* 83, 38 f.
87, 16. 90, 37. 91, 12 u. o., zweifelhaft *precher*
121, 13 und 135, 2 (in beiden Versen kann
man mit Mussafia leicht *preecher* herstellen);
saouler 288, 8 f., *souler* 268, 33, zweifelhaft;
leeche, esleechier 94, 5, 115, 24. 130, 31 u. o.,
auch 93, 30 und 285, 34 von Muss. hergestellt.
Ergebnis: Inlautendes e (i, a) ist meist noch
nicht verstummt. Einige Wörter sind mitten
im Übergang begriffen. Jacques de C. hat
No. 146 *tráinant, envoiséure, fourréure*, 313
blesséure, 268 *éus, véis, péust*, Martin le Bé-
guin *réamplis*, Meunier d'Arleux *dechéus*,
aber *gieut* (= *jut*) einsilbig (S. 260. 320).

D, *maille* Rf. Das Ergebnis ist dasselbe wie
für Barlaam.

24. ei (aus lat. II) + Konsonant = iau (nicht eu).

Im Barlaam findet sich ausschliefslich iau[1]):
chiaus 7, 34. 14, 25 f. 26, 7, 26 ö., *iaus* (*ials*)
3, 2. 9, 29. 22, 5. 26, 2. 39, 23 ö., *chaviaus*
19, 30. Dafs auch der Dichter iau gebraucht,
beweist der Reim *saiaus* : *nouviaus* 219, 12.

Neben pik. iau, z. B. *c(h)iaus, ceaus* R 18.
G. Gl. Rf. P. W, *iaus, yaus* R 14. 18. 108. 215.
Rf. (*eaus* G. D. M 34, *auls* Rf), *caviaus* Gl 75,
saiaus R 215. G 63. W, *pestiaus* D findet sich
auch schon gemeinfranz. eu: *cheulx* R 41, *cieux*
R 41, *ceus* R 108. G, *ceulx* R 260. P, *eu(l)x*
R 41. 249. 260. P.

25. òu wird au oder eu.

Im Inneren des Verses: au in *trau* 87, 32,
clau 150, 12, *pau* 186, 19. 264, 18. 275, 8; eu
in *eut* 5, 21. 102, 9. 223, 12 ö., *seut* 31, 4,
seurent 88, 1; o in häufigem *ot, pot, sot, orent,
sorent*. Im Reim: niemals au; eu in *cleu* :
veu (votum) 150, 9; o in *pot* : *ot* (audit) 60, 21.
125, 29; stets *poi*, z. B. 27, 7. 74, 2. 77, 8.
284, 10. — Im Meunier d'Arleux ist gepaart
ot : *vuihos*.

Nur einmal habe ich in den Urk. au ge-
funden: *claus* D; stets *poi*. In P wechselt eu
und o: *heut* 512, 29, *heurent* 511, 41, *peurent*
524, 28, *peut* W 118, *peurent* W 111; — *ol,
orent* sehr oft, *pot* 516, 22. 519, 21 (Hdschr.
por) ö., *porent* 514, 21. 524, 56 ö., *sot* 524, 38.
525, 10, *sorent* 520, 45.

26. Unbetontes oi und ei vor ss zu i.

I in *connissanche* 23, 18. 42, 10. 149, 11.
281, 12, *connissies* 281, 24, *connissoit* 100, 19.
134, 20. 143, 26. *connistra* 130, 6; — oi in
poissons 173, 11. 283, 2 (*poissanche* 3, 8, 26.
12, 7[2])).

I in (re)*connissons* M 28. 34. *recognissies* P,
reconnisterai R 215, *reconnnissance* Rf; *pissons*
G 55, *sissante* M 28; o in *sessante* M 29, *messons*[2])
Bu. R 18. P ö.; — oi in *Soissons, poissons* P,
soissante, soixante Rf ö.

---

[1]) Krulls Angabe „im Verse meistens *cheus* und *eus*" ist irrig; 121, 34 ist *decheus* zu lesen.
[2]) Der Ersatz von oi durch i scheint sich auf solche Fälle zn beschränken, wo die lat. oder franz.
Grundform *eiu* i zeigt.

27. a für ai.

Kein Beispiel aufser dem kaum hierher gehörigen *lasser* = *laisser*: 48,13, *lasse*: *trespasse*, *lassai* 165, 21. Vgl. Jacques de C. No. 172 *je las*: *pas*.

Auch die Urk. zeigen aufser *plaroit*(?) W 121 kein Beispiel; *age* = *ai je* Bu ist kaum hierher zu rechnen.

28. ie zu l.

Einziges Beispiel: *entirement* 66, 9. Der Dichter kennt, wie es scheint, nur *entier*(s), das wiederholt mit *ier*(s) reimt: 86, 19. 101, 1. 112, 37. 214, 29. — Im Meunier d'Arleux ist gebunden *entiers*: *volentiers*, *entiere*: *Fiere*, aber (in Assonanz) V. 300 *enti(e)re*: *envaie*.

I in *entire* Rf 350, *entirement* R 108. M 28 ö. Gl 75. W ö.; — ie in *entier* R 14. Gl 76. P 510, 50. 512, 20. 515, 5. *entierement* C. M 29.

29. iee zu ie.

Stets ie, z. B. *liement* 52, 38. 259, 32, 37 ö., *cerkie* 102, 36. *abaissie* 202, 14. *forjugie* 220, 27, *entaillie*, *forgie* 242, 35, *essauchie*, *abaissie* 292, 14. Für die Sprache des Dichters haben Beweiskraft die Reime *Marie*: *commencie* 2, 3, *comaignie*: *apparillie* 101, 12. Ebenso Jacques de C. No. 146 *atouchie*: *vilonie*, 185 *otroiie*: *vie*, Meunier d'Arleux *baisie*: *mechine*.

Stets ie, z. B. *paie*, *paye* (= *paiie*) R 14. 108. Rf 349 (so zu lesen *paië*), *maisnie* R 218. Rf. P, *jugie* (so zu lesen statt *jugié*) A, *cauchie* A. D. W, *foeullie* R 250, *kierkies* C, *karkie* (so zu lesen statt *karkié*) D bei Figur 57, *loi(i)e* (so zu lesen statt *loié*) Bu. *efforchiement* sehr oft in P, *redefyes*, *publies* G S (bei Tailliar fälschlich *publiees*), *fie* == *fiee* W 111. 117. — *Aceiée* P 516, 33 ist verschrieben für a *celee*.

30. iu statt ieu.

Die Schreibung i u herrscht vor: *liu* 7, 27. 54, 19. 57, 31. 71, 36 u. o., : *Diu* 135, 20, : *piu* 276, 3, : *tonliu* 139, 11, *mius* 17, 25. 20, 12. 272, 24, *miudres* 79, 14. 95, 28; *chius* 108, 19; durch den Reim gesichert *pius*: *gentils* 216, 4. Daneben findet sich *ieu*: *vieus* (tu veux) : *mieus* 207, 19. 234, 12, *miex* 21, 33, 38. 89, 5, 29, *iex* oft, *miex*: *iex* 32, 35. 39, 23. 146, 11, *mieudres* 244, 21, *viex* 27, 19 und auch e u: *leu*: *deu* 202, 31, : *keu* (coquus) 174, 27. *Caldeu*: *deu* 178, 37. 181, 15, : *Gryu* 179, 33: vereinzelt i o l: *emmióldrer* 2, 2, *violt* 2, 30 (beides in der Hdschr. v. Monte Cassino) [1]).

Die Urk. zeigen teils i u: *liu* R 108. 215 ö. G ö. M 29. Rf. W ö., *Diu* R 18. G ö. M 28. 34. A. W 121, *tonliu* M 34, *tonnius* D ö., *piu* G, *Andriu* Gl 76, *Mahiu* R 108 ö., *banliue* R 14. G (bei Tailliar *banliwe*, so auch öfter in G). M 28, *banliuve*, *banliuwe* R 215, — teils i e u: *lieu* R 14. 18. W 117, *Dieu* R 18. M 25. 28. 29. W ö., *tonlieu* R 260 ö., D ö. (in den Überschriften), M 29, *Mahieu* M 29, — einmal e u: *Deu* Gl 75. Immer ieu hat P, das auch bisweilen ieu für iu anwendet: *fieulx* 519, 51. *chieulx* 524, 28, *eslieux* 512, 39. 513, 30 (neben *esliuu* und *eslis*).

31. -iens (iemes) für ions.

Die 1. pl. Ind. Imperf. und Condit. zeigt nur die Endung iens: *veniens* 20, 30, *devriens* 72, 18,

In den Urk. endigt die 1 pl. Ind. Imperf. und Condit. regelmäfsig auf iens oder iemes: *aviens*

---

[1]) Vgl. Schwake, Über die Muudart von Tournai, Diss. Halle 1881, S. 66.

deveriens 95,19, saviens 72,19, meniens 135,19, verriens 177, 4, — iemes: oseriemes 135, 21. Die 1. pl. Conj. Praes. endet auf iens: soiiens 112, 24, aber auch auf ons: aions 222, 2. Alle diese Beispiele stehen im Inneren des Verses. Im Reim findet sich die Form descompaignon (: compaignon) 101, 19, die aber vermutlich ebenso Ind ist, wie dieser nach por que V. 26 steht.

M 28, aviesmes W 121, estiens M 29, estie(n)mes W 118, veniens, fourfaisiens M 28, demandiens M 29, connissiemes, demandiemes M 34, poienmes W 122; poriens, porienmes W 115. 118. Hiernach ist die Form visitions R 215 sehr verdächtig. Für den Conj. Praes. finde ich mit der Endung iens und iemes: aiens M 29, aie(n)mes W 123, puissiemes M 38, mit der Endung (i)ons: ayons P 516, 1, puissons W 119 (zweimal); für den Conj. Imp. viele Beispiele mit der Endung iens und ie(n)mes in W.

32. fesist, desist etc.

Überall ist das s erhalten: fesist 22, 29. 184, 16. 224, 30, fesistes 285, 3, desist 92, 20. 167, 4, desis 272, 6, mesis 274, 10, presistes 24, 14.

S erhalten in fesist G 43. Gl 76. R 249. Rf. P oft. W, desist M 28. Rf, mes(s)ist P. W, (re)quesist Gl 76. P, desimes, desissiens, desissiemes, fesissent W. — Ausfall des s nur in feissent P 515, 33. 519, 15.

33. mine, sine; no, vo.

Siue 228, 36. 274, 21. — Neben nostre, vostre häufig no, vo, z. B. no 42, 23. 46, 32. 108, 32. 129, 27, vo 56, 28. 164, 38. 233, 2. 235, 26. Ebenso bei Jacques von C. No. 313 vo cors, vos dous fils, 146 und 358 vostre, in Male Honte vo neben vostre, im Meunier d'Arleux oft no, vo, bei Martin le Béguin vo.

Siue G 49. Bu, soie P 516, 44. — No oft neben nostre: R 18. 215. M 25 ö. M 28. 29. 34 ö. G 63. P. W, vo G. W, vostre P 525, 3 f.

34. cis für cist(s).

Stets cis, z. B. 4, 23. 8, 5. 13, 29.

Cis M 25. 28. 39 (fälschlich ces R 101).

35. 1 Sg. Praes. und Perf. auf c (ch).

Über das Vorkommen dieses c(h) im Barlaam ist oben, Teil I zu 8, 35 und 77, 21 gehandelt. Jacques von C. reimt No. 172 je fas : je las, No. 343 je dous (dubito): tous etc.

Fac R 108. Gl 76. Bu, faic und faich R 32, rench, promech P 521, 36, 39, aber fay(?) R 14. quiers A.

36.[1]) awisse, euisse für ëusse etc.

Euissent 4, 33, peuissies 190, 9, sonst stets (sehr häufig) ëusse, dëusse, pëusse (pöust 1, 23 M. Cass.), sëusse, rechëusse, connëusse etc.

Euist M 34. R 260. Rf. W 122, neben eust R 101, peust Rf. W 121, euissent R 215. In P begegnet mindestens 30 mal euist, euissent, peuist, peuissent etc., gegen seltenes eust 522,31, peust 524, 22, recheust 520, 8, recheussent 517, 5; in W peuist 118, peuissent 117. 118, neben peust 117, euissiemes 120.

---

[1]) Die Numerierung ist fortgesetzt, während sie bei Suchier hier vorläufig aufhört.

37. Infinitiv auf ir statt auf oir.

Im Inneren des Verses *vêirs* 26, 1, *vêir* 25, 14. 209, 23, *câir* 70, 31, *chêir* 67, 12; — *pooir* 45, 12. Untereinander reimen *veoir* : *savoir* 34, 11. 92, 36. Für die Sprache des Dichters sind mafsgebend die Reime *vêir* : *ôir* 32, 3. 48, 17, *ouvrir* 40, 3, : *issir* 24, 31, : *venir* 117, 32. 262, 10, : *garir* 214, 11, : *mentir* 223, 26, : *servir* 275, 14. Gleich darauf reimt *vêoir* : *avoir*, aufserdem *pooirs* : *voirs* (verus) 34, 3. Jacques von C. reimt *veir* No. 185 und 268 mit -*ir*.

Die Urk. zeigen dasselbe Schwanken wie Schreiber und Dichter des Baarlaam, doch herrscht die Endung oir vor: ir finde ich nur in *seir* R 18, *rassir* A, *veir* A. W 118, *vir* A, dagegen oir in *veoir* Rf, *savoir* R 14. 41. 108. 215 ô. G ô. M 25. A. Bu. W, *pooir* R 14. 18. 41 ô. 215. G ô. Gl 75. A. W ô., *avoir* R 215, *movoir* M 29, *recevoir* R 249. 250. W ô., *manoir* R 14. 41. P hat etwa achtmal oir, niemals ir.

38. Pere(s), sire(s) etc.

Wie schwankend der Gebrauch im Barlaam ist, und zwar beim Dichter ebensowohl wie beim Schreiber, ist im I. Teil zu 79, 14 dargelegt.

In den Urk. ist Anfügung des flexivischen s schon überwiegend. Beispiele ohne s: *sire* R 32. 108. 215. G. Gl 75 ô. 76 ô. D. W ô., *pere* R 250 ô., *frere* R 18 ô., *maire* R 32. 41 ô. Gl 76, *Hue* (neben *Hues*) R 32. — Rf zeigt nur Beispiele mit s, ebenso P, aufser einmal *pápe* und oft *messire*.

39. Femininum der Adjectiva der lat. 3. Deklination.

Ziemlich häufig findet sich *tele, quele* neben *tel, quel*, viermal *grande*, 71, 33 (: *viande*). 105, 14. 238, 36. 260, 26 neben sehr häufigem *grant* (*presente* zweimal, 17, 35. 99, 33 und *dolante* 264, 3 sind allgemein üblich), *forte* 223, 33 vor vokalischem Anlaut hat gegen mindestens zwölfmal *fort* keine Beweiskraft, *ville* 10, 26 (vor vokal. Anlaut, *vil*: 29, 18. 66, 36. 255, 20). Die Formen ohne e überwiegen bedeutend. Ebenso zeigt Huon von Oisy *grant* (im Reim), Jacques von C. 243 *gentis, millor*, 358 *vis* (vilis), Colin Pensace *gentil*, Martin le Béguin *loiaulment*.

Tele, quele ist ungefähr ebenso gebräuchlich wie *tel, quel*; *grande* nur D und P, *grant* oft R 18. M 28. G. P. Rf. W 111; *presente* R 18. 41. 215. G 63. M 28 o. 29. M 34 ô. Bu. W, *presens* nur G 32. Sonst sind die Formen mit e seltener als die ohne e, z. B. *loialement* G ô., aber *loial* R 249. G 22. Rf, *loialment* oder *loiaument* R 108 ô. G o. M 25. Gl 75 ô. 76. Rf. P.; *feaulement* G ô. neben *feaument* Gl 75. P, *cruelement* R 215, P 519,5 neben *cruelment* P 517, 48. 523, 30, *solennellement* R 41 neben *solempneument* R 215, M 28; aufserdem mit e nur noch *meilleure* R 250, *diligentement* R 41, *villement*, *temporalement, espirituellement* P.

40. Futurbildung: a) meterai, b) akairai.

a) E zugesetzt:
1. hinter d: *renderai*[1]) 140, 21. 168, 9. 200, 2 ô. (*rendrai* 148, 27), *prenderai* 51, 14.

a) E zugesetzt:
1. hinter d: *renderai* R 14. 101. G o. Gl 76 (*rendrai* R 249. Rf), *prenderai* R 14. 41.

---

[1]) Die verschiedenen Endungen des Fut. und Condit. sind nicht besonders angegeben.

101,8. 166,14 ö. (*prendrai* 100,38. 101,18 ö.), *desfenderai* 130, 21, *perderai* 159, 22. 222, 9. 268, 5, *responderai* 180, 18. 207, 16.

2. hinter l: *meterai* 122, 14. 236, 11 ö. (*metrai* 192, 2), *isterai* 172, 35, *naisteront* 250, 4 (*conistra* 130, 6).

3. hinter o: *recheverai* 35, 24. 50, 23, 26, *deverai* 95, 19 (*devrai* sechsmal), *mouverai* 268, 30, *saverai* 198, 19 (sonst *savrai*), *viverai* 212, 19. 252, 26 (*vivrai* 220, 13), *averai* 64, 8. 213, 19 ö. (viel öfter *aurai*).

b) E ausgefallen:

1. hinter n: *menrai* 15,34, *donrai* 111,38. 161, 9. 219, 3.

2. hinter r: *comparrai* 10, 30. 121, 18 ö., *durra* 278, 15. 298, 33, *aourrai* 220, 12.

3. hinter v: *trourai* 289, 38 (*trouverai* 132, 15. 233, 15 ö.).

Sonst regelmäfsig, z. B. *akaterai* 112, 5. — Beispiele aus anderen Dichtern: Jacques 243 *aura*, Martin le Béguin *averoit* neben *auroit*, *sauroit*, Male Honte *avera*, Meunier d'Arleux *buveres*, Huon d'Oisy *menront*.

M 28. G. Rf (*prendrai* P), *deffenderai* R 41. 215, *perderai* R 14 ö. 41. Bu. Rf. (*perdrai* Rf.), *descenderai* R 250, *venderai* G 46. Gl 76. D.

2. hinter l: *met(t)erai* M 28. 29. R 41. 215. G. Rf. P. W 123. (*metrai* R 14. Rf). *isterai* Rf. R 215, *reconnisterai* R 215, *abaterai* G ö., *croisterai* R 14 (vgl. *Carterier* R 101, *capitele* M 28).

3. hinter v: *recheverai* G. R 14. P, *deverai* G o. R 41. Bu, *mouverai* R 41. 215. Rf, *viverai* R 250. Rf, *averai* R 14. 249. 250 (*aurai* R 249, *arai* G. 18. 22, *sarai* G 41. R 18. — Vgl. *feverier* R 108).

b) E ausgefallen:

1. hinter n: *menrai* G ö. Rf, *donrai* G o. P (*ahennerai* R 14).

2. hinter r: *jur(r)ai* R 14. 215. G (Eid) (*jurerai* G ö. R 41, *juerrai* G 53), *demour(r)ai* R 14. 41. Bu (*demouerrai* G, *enterrai* Gl 76), *afora* Rf, *asseurrai* G 57. 58, *durrai* W 123. (3. hinter v nur *trouverai* R 14). Hinter einem Vokal *pairai* R 41 ö. Bu, neben *paierai* R 14. Bu, *envoyerai*, *baillierai* P.

41. e + I wird I, nicht ei.

Im Barlaam nur i, z. B. *lit* : *delit* 229, 12 f.

In den Urk. nur i: *lit* R 250. P, (*de*)*mi* R 249. 260. D. Rf, *subgit* P ö.

42. Jou neben je.

Jou z. B. 4, 16. 12, 12 f. 16, 1, 4, 26. 24, 22 u. ö. — Enguerrant d'Oisy läfst (Meunier d'Arleux 248) *jou* mit *maison* assonieren.

Jou R 41. 108 ö. G ö. Gl 76. A. Bu ö., *jo* R 32 o. Gl 75; *je* z. B. R 14. Gl 76. A. Nie anders als *je* hat P.

43. Deutsches w erhalten.

Der Schreiber des Barlaam hat deutsches w nur ein einziges Mal bewahrt: *waignart* 299, 10, sonst setzt er dafür g: *gaignier* 51, 37. 61, 13 ö., *gaster* 164, 37. 263, 32. 274, 3, *guise* 25, 33. 53, 30, *agait* 116, 38, *gaiter* 167, 26, *garir* 168, 30. 214, 10, *garans* 34, 15, *garison* 267, 18, *guerredon* 1, 2. 2, 21 (M. Cass.). 43, 5, 12. 49, 14 ö., stets *guerre*, *garder*, *gaires*, *Gui(on)*.

Einige Urk. haben w stets erhalten, so D. R 101 und Rf, die anderen zeigen g nur in einigen sehr üblichen Wörtern: *garder*, *guerre* und deren Ableitungen; doch steht daneben *warder* R 41. 215. 249. 250. G o. M 28 o. Bu. A. W 119, *warde* R 18. 249. Gl 76. Bu. W 111, *rewars* R 215, *were* R 41. Gl 76. W 111 ö. W hat auch *Guillaume* neben *Willaume*. Eine

Ausnahmestellung nimmt P ein, das W nur in einigen Eigennamen[1] kennt (*Wibers, Wambais, Wethie, Wirembaus*), sonst durch g ersetzt.

44. Als letzter Punkt sei das Verhalten der Urkunden in Bezug auf die Unterscheidung von Nominativ und Accusativ erwähnt. Wir können sie nach ihrer Genauigkeit in der Flexion in drei Gruppen teilen:

I. Urkunden, die sich von Verstöfsen ganz oder fast ganz frei halten: G (1227), R 18 (etwas nach 1200), A (um 1230), Gl 75 (1239), M 25 (1246), Rf (1247), R 101. 108 (1248), M 28 (1260), M 29 (1264), D (1275), R 215 (1277), M 34 (1287), Bu, W (1288).

II. Urkunden, die zwar im allgemeinen die Flexionsregel beobachten, aber doch schon eine gröfsere Menge von Verstöfsen zulassen: Gl 76 (1240), R 260 (13. Jahrh.), P (Ende des 13. Jahrh.?), R 249 (Handschrift des 14. Jahrh.).

III. Urkunden, in denen die Unordnung der Flexion überhandnimmt: R 14 (1216?!), R 41 (1239), R 250 (Handschr. des 14. Jahrh.).

Wie sich in Bezug auf diesen Punkt Gui von Cambrai verhält, ist oben, Teil I, zu 176, 19 gesagt worden. Er steht an Sorgfalt in der Flexion den Urkunden der I. Gruppe nicht nach.

Die Untersuchung des II. Teils hat gezeigt, dafs die Urkunden von Cambrai aus dem 13. Jahrh. in der Festhaltung der dem pikardischen Dialekt eigentümlichen Züge je nach der Sorgfalt ihrer Schreiber sehr stark von einander abweichen, dafs aber doch diese Züge noch überall deutlich erkennbar sind. Eine Sonderstellung der Mundart von Cambrai gegenüber der Gesamtheit echt pikardischer Mundarten hat sich in keinem Punkt ergeben.

Die Sprache Guis von Cambrai, soweit sie sich aus den Reimen und der Silbenzählung feststellen läfst (s. No. 2, 4—7, 9, 10, 13, 20, 21, 23—25, 29, 30, 33, 37—40, 44), stimmt mit der Sprache der sorgfältigeren ungefähr gleichzeitigen Urkunden durchaus überein. Nur der Gebrauch des stimmhaften s in *justise, servise* (s. zu No. 11) steht mit dem Befunde in den Urkunden nicht in Einklang, so dafs hier wohl Anpassung an eine ursprünglich der Mundart fremde Reimgewohnheit vorliegt.

Ferner hat sich bestätigt (vgl. Tobler, Vorw. zum Vrai Aniel, S. XXIII), dafs der Schreiber der Pariser Handschrift von der Sprache des Dichters und der sorgfältigen Urkunden in manchen Punkten abweicht, doch zeigt er sich in der mangelhaften Festhaltung der echtpikardischen Züge nicht inkonsequenter als mehrere der untersuchten Urkunden. Zur Feststellung seiner Heimat hat sich kein Anhaltspunkt ergeben.

---

[1] In zwei Urkunden bei Miraeus, Opera dipl. I S. 55 und 154 aus den Jahren 1046 und 1064 ist bei den Eigennamen aus Cambrai das anlautende deutsche W überall erhalten, während sich in einer dritten (mir von Prof. Suchier gütigst nachgewiesenen) vom Jahre 1096, a. a. O. II S. 1145, neben *Wallerus* und *Vallerus*, *Werricus, Wamulfus* etc. auch *Gualterus, Guinelin* finden.

Anhang.

Bemerkungen zum Text der oben benutzten Urkunden.

1. Zu Tailliars Recueil. R.

14, 1, Z. 6 l. *tant* statt *tout*. — 3, Z. 4 und 7 l. *ceste*.

14, 5. *Se ly sires voeult faire celle crovee en aultruy terre, et sil rebelles ny veulle aller.* Für *sil* ist des Sinnes wegen wohl *cil* zu setzen, wodurch auch die Konstruktion glatter wird. An sich wäre auch nach *se* der Conjunctiv denkbar, vgl. 18, 1 *Saucuns crestiens se soit ofers a nostre Signeur*, 250, 8 *se ly ungs diaulx deux meure*; sehr ähnlich unserer Stelle ist 249, 4 *sil a cheval et sil nait cauches ne haubert*, wo man statt *sil* eher *si* (hingegen) erwartet. Z. 7 l. *le bourgois*.

14, 7 *Se ly sergant le seigneur treuve aucun portant faissiez de telle maniere qui soit a tort soies.* Das unverständliche *faissiez* ist durch *fais* oder durch *faissiel* zu ersetzen. — S. 59, Z. 2 l. *nous* statt *nons*.

41, 45. Für *poeult* ist dreimal der Plural *poent* zu setzen. — 46 l. *sen venel.*

101, Z. 19 ist *avent* nicht = „*advint*“, sondern = *avant*; vgl. oben No. 21. — Z. 3 v. u. l. *en le cambre.*

108, Z. 5 l. *entriaus deus ensamble* wie Z. 12. — Z. 20 *ke bien sen tenoit a loise et a paie.* Für *loise* ist wohl *solse* zu schreiben; vgl. 10, Z. 4 *de quoi li dis Thumas sen tuint* (tient) *bien asols et apaijes,* W 114 *et m'en tieng a sols et a paiet,* 115 *et nos en tenons a sols et a paiiet.* — Z. 22 steht *vendange* für *vendage,* ebenso 12, Z. 19 (S. 44) 16, Z. 2 (S. 61), 75 (S. 136) zweimal; an allen diesen Stellen ist, glaube ich, *vendage* oder *vendaige* einzusetzen. Hingegen liegt eine regelrechte Bildung vor in *vendanche* R 264 (Godefroy bringt ein Beispiel von *vendance* aus einer Urkunde von Amiens v. J. 1597). — Z. 23 l. *ses barons.* — Z. 24 l. *fianca ele.* — Z. 33 l. *cis* oder *cil* für *ci.* — Z. 39 *Et ces* (l. *cis*) *markies fu fais devant lius del capitle nostre dame.* In *lius* steckt vielleicht *l'uis*; vgl. R 26 *Ce fu fait el porche saint Pierre devant le trelie de fer.*

215, Einl., Z. 10 ist *Phelippon de Creki* eine irrtümliche Wiederholung aus Z. 8; der richtige Name *Jakemes de Sains* ergiebt sich aus 9, Z. 3. — 1. Hinter *ki prise fu* (Z. 4) ist stark zu interpungieren. *Et pour chou il sanle* etc. kann nur Vordersatz sein zu 2 (*Est ensi ordone*); also ist zu verbessern *Et pour chou k'il sanle* und hinter *amendees* ein Komma zu setzen. — 2, Z. 4 l. *dampnee.* Am Schlufs von 2 ist der Punkt vor *et li meffais laportera* zu tilgen. — 3, Z. 2 l. *il* statt *ils,* Z. 5 l. *maisnies.* — 5, Z. 2 l. *toute.* Am Schlufs von 5 ist der Punkt hinter *eglise* in ein Komma zu verwandeln. — 7, Z. 3 l. *de Cambray.* — 9, Z. 1 l. *le* statt *li.* — 10, Z. 1 *Malsrewars* ist ein Eigenname. Z. 3 l. *souffisanment.* Z. 7 *Gerars de Heilli et li autrement jure* etc. *Autrement* ist mir unverständlich; in *ment* steckt vielleicht eine Ziffer. *Jurés* (Ratsmänner) gab es in Lille acht (R 88 und 208), in Tournai 30 (R 263, 28), in Hesdin 20 (R 13, 32). — Z. 8 l. *as quatre persones* wie Z. 3. — 12, Z. 9 l. *fieste.* — 15, Z. 2 l. *des* statt *de.* Z. 15 l. *dame.*

249, 2, Z. 4. *Distrioit* ist = *destrioit* (zögerte, säumte). — 3, Z. 9 *li pourfit doivent i est remis en sauve main;* es ist abzuteilen *iestre mis.* — 4, Z. 7 l. *le haubert.* — 9. Die Schlufsworte *et cils ont qui ont claime LX s* geben keinen Sinn; l. etwa *et cil sour qui li homs claime LX s.* — 12, Z. 2 ff. möchte ich so abteilen: *et puis doit faire a son seigneur ce quil doit. Et de la en avant, sil a hommaige ou fief, recepvoir les doit* etc. Z. 7 ff. geben den erforderten Sinn etwa in folgender Gestalt: *Et se il y scet son droit et il sen veult clamer, ly sires l'en doit se il a droit [faire droit]; ne aultre ne doit recepvoir se en a droit cil qui en auera fait hommage.* **250,** Einl., Z. 3 l. *par le sceu.* — 1, Z. 1 *ly evesque* steht falsch für *l'evesque;* ebenso 14, Z. 3 *ly justice* für *le justice.* — 1, Z. 6 ist *et* vor *ly bataille* zu streichen. — 2. Z. 2 zu interpungieren *il doit avoir ses plaix, les plaix de le foeullie, devant lui.* — 6, Z. 3 l. *Car on ne peult* etc. — 8, Z. 5 ff. schwer verderbt; sicher ist Z. 5 *maime* und Z. 7 *ly pere ou le mere* zu schreiben. Z. 4 ist *ens* sinnlos; vielleicht: *li biens le premier.* — 11 und 12 sind eine berichtigte Wiedergabe des stark entstellten 10. Absatzes. 11, Z. 1 f. l. *li due aient.* — 12, Z. 3 l. *rechoivre.* Z. 6 ist nach Absatz 10 zu berichtigen: *puis quil a femme juree.* — 13, Z. 3. *Et* vor *se feme* ist unverständlich, wenn nicht davor einige Worte ausgefallen sind. Z. 7 ist mindestens *se il tant l'aime* zu schreiben. — 14, Z. 4 l. *se ce estoit fief,* Z. 6 l. *quil en dient droit.*

2. Zu der Lol de Busigny. Bu.

S. 67, Z. 1 und 3. Statt *conneut* und *reconneut* (cognovi, recognovi) ist vermutlich *conneuc* und *reconneuc* zu schreiben. — Z. 1 v. u. l. *il n'i doit mie entrer.*

S. 68, Z. 2 l. *siut* statt *siute.* — Z. 5 l. *sans.* — Z. 6 v. u, l. *u aucunui dist sanlant laidure.*

S. 69, Z. 7 l. *LX* statt *XL.* — Z. 16 *Se li hom* wäre eine gedankenlose Übersetzung des lateinischen *si homo;* der Sinn verlangt *se uns hom* oder *se nus hom.* — Z. 21 l. *pot* (lat. potuit) statt *puet.* — Z. 25 l. *aida* statt *aide.*

S. 70, Z. 12 v. u. l. *saus les drois.* — Z. 5 v. u. Hinter *li prouvos le tierce part* sind die Worte ausgefallen *et li avoues le tierce part,* ebenso Z. 4 v. u. hinter *des sars* : *l'avouet* oder *del avouet.*

3. Zu den Urkunden aus Le Glay, Glossaire topographique de l'ancien Cambrésis. Gl.

No. **75,** Z. 3. Statt *par le mieis* l. *par le miels* aufs beste. — Z. 2 v. u. *S'aucuns* etc. In der Lücke kann nur gestanden haben *tue home.* — S. 117, Z. 1 l. *en sen damage,* Z. 2 *del retolir.* — Z. 9 v. u. *Sans delait dire* ist unverständlich. Dem durch den Zusammenhang verlangten Sinn „unverzüglich" entspräche *sans delai faire* oder auch *sans delaiier.*

No. **76.** S. 118, Z. 2 l. *li lois i est tele.* — Z. 11 l. *tresk'atant,* ebenso Z. 13 *tresk'd VIII jors.* — Z. 14 l. *toutes* statt *tuites.* — Z. 15 l. *totes ses coses sont en le volonté au segneur.* — Z. 30 l. *prover* statt *prever.* — Z. 31 l. *prendre l'i* (oder *le*) *puet.* — Z. 39 l. *fust* statt *fuet.* — S. 119, Z. 5 l. *par le sairement le serjant,* Z. 6 *sor bolengiers.* — Z. 11 l. *il ait paie* (= *paiiee*) *tele rente.* — Z. 13 ff. l. *Nus des homes au segneur ne puet acater . . . ke un mes, se ce n'est par le volonté au segneur.* — Z. 18 ff. sind so abzuteilen und zu lesen: *. . . cil est d XXX sol de forfait, s'on puet forer le kaisne d'une tarere eucherée; et se li serjans juroit sans tiesmognage k'ensi fust, cil doit XV; de tout vert bos V sol del fais, sauf d* (sauve?) *karete* etc. — Z. 22 l. *blet* statt *blef.* — Z. 24 l. *s'on le trueve en forfait, VI deniers. A font de brebis . . . XII deniers.* — Z. 30 l. *a tesmoignage.* — Z. 35 l. *le tierc* statt *le tiere.* — Z. 41 *s'il ne le* (= *la corvée*) *paie quant il en iert semons, se li sires les velt prendre.* Es ist von der Ablösung des Frondienstes durch Geldzahlung die Rede; daher ist mir *s'il ne le paie* unverständlich. Der Sinn erfordert etwa *s'il ne les fait;* der ganze Satz ist dann dem vorangehenden unterzuordnen. —

S. 120, Z. 2 l. *a cevaus.* — Z. 9 l. *des corons.* — Z. 10 l. *pert* statt *purt.* — Z. 15 l. *Se feme fiert autre ki ne seroit* (oder *n'est*) *en se mainburnie, V sol.* — Z. 29. Das Prädikat fehlt; l. etwa *Se aucuns estraignes est convaincus de ces forfais.* — Z. 30 l, *le droit on.* — Z. 31 *k'il done kom plegel d'amender.* Für das sinnlose *kom plegel* ist wohl *bons pleges* zu schreiben. — Z. 41 l. *li eskievins le doit jugier as us et as costumes des forfais.* — Z. 42 l. *en le cartre.* — S. 121, Z. 1. Um das fehlende Prädikat zu gewinnen ist vielleicht *il pert cors et meules* zu schreiben; für *des eschaances* wohl *ses eschaances.* — Z. 2 l. *saus les drois.*

4. Zu Le Glay, Analecties historiques. A.

S. 101, Z. 1 verbinde *de bataille campel;* vgl. G 16 *ki iert vaincus en bataille campel.* — Z. 3 *quant li clains et li arries est fais.* Für *arries* ist wohl *arramie* zu setzen; vgl. S. 108, Z. 2 *tel clain, tel apiel et tele arramie.* — S. 103, Z. 15 l. *il doivent.* — S. 104, Z. 1 v. u. l. *choses* statt *chose.* — S. 105, Z. 7 l. *le prouvost.* Z. 12 l. *doit iestre,* ebenso S. 106, Z. 12. — Z. 4 v. u. l. *Et quant il sont revenu de leur tour.* — S. 106, Z. 16 l. *sen escu* oder *sen escut* statt *sen escus.* Z. 7 v. u. l. *dou baston.* — S. 108, Z. 2 und 9 l. *oe* (audiat). — Z. 5 f. l. *ne pour peril de mort je ne li osai aidier.*

5. Zu der Loy Godefroy. G.

§ 8 l. *les deues rentes.* — § 11 l. *manifestee;* auch § 10 ist *manifestes* als Partic. zu fassen, lat. *publicatus.* — § 32, Z. 7 l. ohne Komma *iaus deus* (ihrer zwei). — § 37, Z, 9 l. *l'injure* oder *le injure.* — § 39, Z. 6 l. *sauf chou ke ... tiesmoignages soit portés.* — § 49, Z. 1 l. *de quelkonke(s) sexe* (statt *eage*). Mehrere Druckfehler, die den Text im Mémoire entstellen, sind nach dem Text bei Alb. Miraeus zu verbessern.

6. Zu den Urkunden aus dem Mémoire pour M. l'archevêque. M.

No. 28. S. 54, Z. 7 v. u. l. *aliances* statt *alians;* einige Zeilen vorher ist zweimal *puist estre* zu lesen. — S. 55, Z. 10. *de cas* etc. hängt ab von *est ensi atire* (Z. 11); das Semikolon muſs also Z. 11 wegfallen. — Z. 13 l. *en le presence* statt *et le presence.* — Z. 29. Das Komma vor *li eskievin* ist unrichtig, es gehört vor *et selonc ces coses* Z. 28. — Z. 39 l. *u tout soient mort.* — Z. 41 l. *le pais* statt *li païs.* — S. 56, Z. 16 l. *Et volons.*

No. 34. Zu Anfang l. *Willaumes.* S. 63, Z. 2 v. u. Vor *en pardefin* ist zu interpungieren, da mit diesen Worten der Nachsatz beginnt. Z. 1 v. u. ist abzuteilen *des parties, lor avons* etc. — Z. 21 f. l. *Et se volons k'il puissent manre par tout la ou il vaurront.* — Z. 27 f. l. *le premier jour ke nouviau(s) evesques vient en le cité.*

7. Zu der Loi d'Onnaing et de Quaroube. Rf.

S. 345, Z. 2 *dené ceste loy;* bei Jacques de Guise, dessen Text auch sonst kleine Abweichungen zeigt, richtig *donée ceste loy.* — S. 346, Z. 14 l. ohne Interpunktion *et s'il le rahiert puis ne* (oder) *fiert;* vgl. 347, 7 *se li uns fiert l'autre puis.* — S. 347, 3. Die offenbare Verderbnis der Stelle läſst sich durch folgende Änderung beseitigen: *u se nus est el visnage qui veſt l'ait.* — Z. 4 *Rath, homecide, laron* etc. Daſs *rath,* wie Godefroy meint, *ravisseur* bedeuten könne, ist mir nicht glaublich; vermutlich ist *rath* verstümmelt aus *reubeur;* vgl. 346, 7 *laron u mourdreur u reubeur.* — S. 348, Z. 1 ist so zu interpungieren: *et s'il avoit aucun parent que atourner n'i peust, faire en doit le loy* etc. — Z. 4 l. *thiemoignage loial.* — Z. 5 die Worte *u ait faite* schweben in der Luft. Vergleicht man im Folgenden die vollkommen gleichartigen Sätze *u ait brisie*... *u ait prise*, so liegt die Annahme nahe, dafs vor *u ait faite* einige Worte ausgefallen sind und die Lücke etwa so zu ergänzen ist: *ke aucuns vuelle envaie faire u ait faite.* — Z. 17 *seuwe ne li tot* ist wohl so zu lesen: *s'ewe ne li to(l)t* „wenn es ihm nicht Wasser unmöglich macht". *Melsons* ist verschrieben oder verlesen aus *messons*, vgl. Z. 19 *mielsenour,* 22 *melseneresses. En tans de messons* ist wahrscheinlich mit dem Folgenden zu verbinden. — S. 349, Z. 8 f. l. *puissedi que cil en ara payet l'amende qu'il i devra* etc. — Z. 10 f. *S'il avenoit que aucuns home a meslee qu'il euist membre brisié* etc. Da nach *s'il avenoit que* unmöglich der Ind. Praes. stehen kann, mufs *a* vor *meslee* als die Präposition aufgefafst werden; dann ist, um für den Satz ein Prädikat zu erhalten, *euist* doppelt zu schreiben. — Z. 17 ff. verlangen folgende Interpunktion: *De toute, ces koses... avera li sires les deus pars, et li laidengiés la tierce part, s'il s'en plaint. Et s'il ne s'en viut plaindre, li baillius se puet plaindre.* — S. 350, Z. 18 l. *as moulins si ke dit est.* — S. 351, Z. 3 ist so zu vervollständigen: *Qui desdit eskievins u le maieur u capitle.* — Z. 21 l. ohne Komma *tenir les doivent;* ebenso Z. 31 *et s'il ne voloit, moustrer le doivent.* — S. 352, Z. 2 l. *et s'il i a à amender* (allenfalls *à mender*).

8. Zu den Droits seigneuriaux dus aux évêques de Cambrai. D[1]).

Bei Figur 9. *Si le* (= *le moutonnage*) *doit on cuellir li senescaus l'esvesque et li fievé.* Für *doit on* ist wohl *doivent* (oder *doit*) zu schreiben. — Bei Fig. 16 l. *d'areres* statt *d'arere.* — 27 (S. 446, Z. 1) l. *II demi mencaus.* — 49 l. *penne* statt *pennes.* — 50. Der Satz *Et se elle vaut VI d.... cambrisien* ist sinnlos und mufs wegfallen. Man vermifst einen Satz wie S. 450, Z. 2 *se elle vaut mains de VI d. et obole, nient en doit.* — Bei Fig. 55 l. *deforains* statt *de forains.* — 57 l. *Cascune karete karkie* statt *kareté karkié.* — S. 455, Z. 6. Für *au trestel* ist wohl zu lesen *autretel.* Mit *et tout cil* beginnt ein neuer Satz. Die Schlufsworte *et s'apartient* etc. sind mir unverständlich.

9. Zu der Chronik Gesta Episcoporum Cameracensium. P.

511, 34 f. l. *esleussent* wie 517, 53. 518, 4. 520, 48 oder *eslisissent* wie Z. 46. — Z. 41 *estre delaiset le leur anemis.* Statt *delaiset* erfordert der Sinn *delivret.* — 512, 22 *Puis fist il assalir le castiel... et y fisent longtamps.* Statt *fisent* l. *sisent;* vgl. 514, 40 *ains sist tant devant le castiel.* — 513, 20 *contre les droits de se eglise.* Se ist vermutlich verlesen aus einer Abkürzung von *sainte;* vgl. 510, 38. 511, 2. 513, 32. — Z. 38 l. *ausdeux* statt *aus deux.* — 516, 26 f. l. *Dont prist li empereres... soi d appariller.* — Z. 33 *et entra en la cité aceiée;* l. *à celée.* — 517, 17 *li aultre(z) clergié(s) qui estoient de la cité monsieur Gauchier;* für das sinnlose *de la cité* ist zu lesen *de la partie;* vgl. 515, 25. — 517, 40 l. *toute la doucheur que peres doit avoir à fil.* — 518, 7 l. *au tierch jour.* — Z. 20 l. *de tout l'evesquiet.* — Z. 47 *les pucelles se repouvoient?* Sinn: versteckten sich; l. *se reponoient.* — Z. 55 l. *deboinaires.* — 521, 32 l. *mist.* —

---

[1]) Die Urkunde ist bemerkenswert wegen der vielen ihr beigegebenen Abbildungen, die offenbar der Übersichtlichkeit dienen und ein fehlendes Register ersetzen sollen.

Z. 47 l. *retraist* (vgl. *traist* 525, 1). — 523, 13 und 23 l. *encoste.* — Druckfehler sind aufserdem nach dem von Bouquet gegebenen Text zu verbessern 511, 3. 512, 33 und 47. 513, 45. 514, 33. 516, 48. 518, 23 und 50. 519, 21. 520, 34. 521, 33. 524, 38.

10. Zu den Briefen des Bischofs Wilhelm v. J. 1288. W.

No. 111, Anfang. *A noble home son chier singneur mon singneur de Flandres, no oncle, Willaumes, par le grasse de Dieu . . . eveskes de Cambraises, mes salus* etc. Die Form *Cambraises* für *Cambrai* ist ebenso unmöglich wie das erst in der neueren Sprache zulässige *mes salus.* Es ist zu lesen: . . . *eveskes de Cambrai, ses nies* (neveu), *salus* oder *salut.* — Z. 3 l. *ke* statt *ki.* — Z. 7 *ducanie* (duché) ist verlesen für *ducame,* ebenso 112, 4 in einer Urkunde des Grafen von Flandern v. J. 1288 *duchanie* für *duchame;* diese Form steht 55, Z. 17 in einer Urkunde desselben v. J. 1284, für *duchau(s)me,* das sich 53, Z. 3 findet. Häufiger ist die weibliche Form *duc(h)ie, ducee.* Für das sinnlose *aisne* ist *avons* oder *avons nous* zu setzen. — Z. 11 *tout cil ke vous i vames avoir;* *vames* ist entstellt aus *vaures,* vgl. oben No. 19. — Z. 14 l. *Faukemont.* Das Komma hinter *Liege* ist zu tilgen. — Z. 15 l. *ores.*

113, Z. 3 *duc de Lother.* *Lother* für *Lorraine* findet sich häufig, so in dieser Urkundensammlung No. 41, 86, 98, 106, 110, 113, 191; daneben *Lothers* 55 und *Lothier* 21, 28, 36, 40, 43, 48 ö. Da sich aber auch *Loth* findet (119, 120, 121) und *Lothr* (122, 123), so halte ich alle diese Formen für Abkürzungen der vollen Form *Lothringue* (lat. Lotharingia), die sich in No. 53, einer Urkunde des Grafen von Geldern, findet, oder *Lothricke* (44, 71, 81, 82), *Lothrike* (62), *Lothrik* (49), *Lotherice* (147). — Z. 17 l. *ces dis.* — Z. 21 l. *queles* oder *queiles* für *quiles.*

115, Z. 6 l. *dites.*

117, Z. 13 l. *reconnut* oder wie 118, Z. 14 *reconneut.* — Z. 30 ist zu interpungieren *d'autres procureurs, un u pluseurs, mettre* etc., Z. 33 ist das Komma hinter *estable* zu streichen.

118, Z. 12 l. *assentement.* — Z. 17 verbinde (ohne Komma) *se avoir le peuist et veir.* — Z. 27 l. *procuration le plus general* oder *procurations le plus generaus.* — Z. 42 *conme a ordenaire dou lui;* in *ordenaire* kann nur *ordenere* stecken (= administrateur, vgl. 119, Z. 2, 120, Z. 1); dann stünde der Nom. ungenau für den Cas. obl. *ordeneur* (vgl. den Plur. *ordeneur* 119, Z. 21). Für *dou lui* ist *de lui* zu lesen. Auch Z. 29 mufs es wohl heifsen *pour aucun empeechement de cors.*

119, Z. 22. Dafs *divoes* und *dioes* (120, Z. 6) = *jeudi* ist (nicht „mercredi", wie Willems meint), hat schon Burguy s. v. bemerkt.

121, Z. 5 l. *assené;* *jor assené* ist absolutes Particip, wie 119, Z. 7. — Z. 7 f. Auffallend ist der Conj. *engongnissiemes* abhängig von *faisons savoir que,* einer Wendung, die in Urkunden sehr häufig ist und stets mit dem Indic. verbunden wird. Hingegen ist der Urkundensprache, die ja ganz natürlicherweise an Latinismen reich ist, *come* mit dem Conj. eigen, und dies tritt besonders gern als Zwischensatz in einen mit *que* eingeleiteten Satz, z. B. 120, Z. 4 ff. *faisons savoir . . . ke conme nous eussiemes jour asseneit . . ., si metons* etc., 122, Z. 2, 123, Z. 2. Vielleicht ist auch hier Z. 5 hinter *ke* oder Z. 7 vor *a le dite journee* ein solches *coume* ausgefallen; dann hängt von *ke* (Z. 5) erst *si disons et tesmoingnons* (Z. 19) ab, wodurch nach den langen Zwischensätzen das *faisons savoir* (Z. 4) wirksam aufgenommen wird. Vgl. 106 (Urkunde des Herzogs von Brabant) *Nous . . . faisons savoir à tous ke, comme debas ait estei . . ., Nous disons et prononcons* etc. — Z. 15 l. *estoit* statt *estait.* — Z. 16 l. *nus* für *mis,* ebenso Z. 18.

122, Z. 17 ist der Punkt hinter *saisine* in ein Komma zu verwandeln; mit *Nous* beginnt der Nachsatz. Statt *ses consans* mufs es *ses consaus* heifsen (seine Ratgeber), vgl. 111, Z. 12 *li dus et ses consaus.* — Z. 24 *de s'en espaigne volenté* „aus freier Entschliefsung"; l. *de se espoigne volenté.* Dasselbe Adjektiv (lat. spontaneus), das vorzugsweise mit *gré* oder *volenté* verbunden wird, ist herzustellen in Tailliars Recueil, No. 53, S. 118, Z. 6 v. u. für das entstellte *par sesspouge volentei.* — Z. 29 l. *aemplir* statt *d emplir.* — Z. 30 l. *Et ce fait* statt *Et se fait*, vgl. Z. 19. — Z. 46 (2 v. u.) l. *affiert* statt *affierte*; vgl. 98, Z. 7 *tout che kil afiere* (l. *afiert*) *et appartient a haute justice.*

123, Z. 11. Der Punkt hinter *leur saiaus* ist in ein Komma zu verwandeln; *et . . . aiemes* hängt noch von *coume* (Z. 2) ab; durch Attraktion an diesen Conj. ist *aiemes* Z. 12 zu erklären, das nach *entre les queles* an sich unrichtig ist. — Z. 25 *li dus et cil pour lui en sont obligiet*; hinter *cil* ist *ki* einzuschieben.

11. Zu den Gedichten des Jacques de Cambrai.

No. **16** (Archiv 41, 353), Strophe 2, Z. 1. Statt des weder der Silbenzahl noch dem Reim noch dem Zusammenbang entsprechende *curteis* ist wohl *eure(i)s* zu schreiben.

No. **172** (Archiv 42, 303), Strophe 1, Z. 6 l. *ami* statt *amie.*

No. **199** (Archiv 42, 320), Strophe 2, Z. 5—7. Die Reimworte müssen lauten *enbraisié(t)*, *amistié(t)* (vgl. in der ersten Strophe *croissiet, pechiet*) und *mercis.*

No. **243** (Wackernagel 43). Der zweite Teil der ersten Strophe wird so zu lesen sein:

> Ki s'amor a, en honor et en pris
> Sera menés el grant jor del jus;
> Et ki ne l'a, Dieus, si mar ainc fu nés,
> Ke sans mercit sera mors et dampnés.

No. **364** (Archiv 43, 277), Strophe 2, Z. 7 l. *et quant plus art et esprent* statt *air et espran.* In der vierten Strophe sind Z. 3 f. falsch abgeteilt; in Z. 3 ist ein Reimwort auf i nötig. Vielleicht ist zu schreiben: *Lou cuer i lais et cors si Ai* etc.

12. Zum Meunier d'Arleux.

Z. 31 *Il a molt blé* etc. Die Änderung, die der Herausgeber mit dem überlieferten *devant vous* vorgenommen hat, hilft der Stelle nicht auf. Für das sinnlos aus dem nächsten Vers herübergenommene *devant vous* mufs ursprünglich ein Ausdruck gestanden haben mit dem Sinn „von Personen", „von Kunden", vielleicht *de plusors.* — Z. 49 ist um eine Silbe zu lang; l. etwa *ains en iert Jakes decheus.* — 121 l. *Ichou est molt tres bon a faire.* — 153. Eine Silbe fehlt; l. etwa *Tant il iluec seoir me fissent.* Übrigens wird wohl für *fissent : vinrent* der Sing. *fit : vint* zu schreiben sein, vgl. Z. 35. — 183 l. *A Dieu se rent et à Saint Piere.* — 210 l. *Qui tant est et gentiex et bele.* — 230 l. *Ses demourers forment li grieve.* — 232. *Mais ke n'en aies trois.* Sinn und Silbenzahl sind unzureichend. In *irois* scheint eine Verbalform zu stecken; etwa *Mais ke ja vos n'en atrois.* — 235 f. sind zu vertauschen. — 266 l. *Li porchiax esciet en mon lot.* — 351 f. zählen je eine Silbe zu viel; Abhilfe ist leicht. — 396 ist ganz richtig, wenn man nur liest *Qui en demoura conquiés.*